La fille porte-bonheur

Christophe Lambert

La fille porte-bonheur

roman

PLON
www.plon.fr

ISBN : 978-2-259-21314-1

J'attrapai la bouteille qui se trouvait devant moi et bus une longue gorgée. J'étais déjà éméché, mais c'était un geste mécanique, qu'on n'explique pas, qu'on fait simplement sans se poser de question, un geste faussement rassurant...

Je reposai la bouteille sur le haut du piano et je me remis à jouer. L'interruption n'avait dérangé personne dans la « magnifique » salle du Drake Hotel, situé downtown, Los Angeles. Je jouais dans le mauvais downtown, dans un mauvais hôtel, un mauvais morceau dans une salle bruyante, remplie de la racaille habituelle, bookmakers, voyageurs de commerce, chômeurs alcooliques, vendeurs occasionnels de drogues, prostituées, blacks, jaunes, blanches. Tout n'était qu'un mélange hétéroclite qui, dans ce contexte glauque, allait malgré tout bien ensemble.

Dans les brumes de l'alcool, c'était un spectacle assez amusant mais surtout sans importance. Les losers avec les losers et c'est comme ça que ça fonctionne. La soirée touchait à sa fin, je parle de la soirée du pianiste. Je me levai donc et, sous des applaudissements inexistants, saluai la salle en titubant. Je pris la bouteille de scotch et sortis par la porte de service.

Rosy, la serveuse, encore sexy pour sa cinquantaine bien sonnée, me décocha un sourire.

— J'ai bien aimé, me dit-elle de sa voix rauque.

J'acquiesçai doucement de la tête devant ce compliment que je savais sincère. George, le chef de salle, apparut. Il était gros, chauve et portait une épaisse moustache moite. Un vieux cigare éteint pendouillait à ses lèvres. Il avait une voix énergique et peu d'humanité.

— Allez, Rosy, perds pas de temps à raconter des conneries. Y a des clients ici, t'es pas là pour faire la converse.

Il me regarda.

— Toi, je te vois dans deux minutes, me lança-t-il sur un ton agressif.

Je longeai un couloir peu éclairé et passai le rideau qui cachait ma loge. Elle était meublée d'une table couverte de graffitis, d'une chaise et d'un miroir cassé. Il paraît que ça porte malheur, mais comme je n'y étais pour rien, je ne le prenais pas pour moi. Je m'assis sur la chaise, pris une longue et dernière gorgée de whisky, et terminai la bouteille. George entra à ce moment-là. Le voir dans le miroir fissuré m'arracha un sourire.

— Pendant un instant, j'ai cru qu'on t'avait coupé en deux, lui dis-je en riant.

George ne répondit rien et se contenta de sortir de sa poche une liasse de billets.

— T'as gagné 70 dollars cette semaine, j'en enlève 7 pour 2 burgers, et 30 pour 2 bouteilles de scotch, il te reste donc 33 dollars.

Il posa sèchement les billets sur la table en Formica. Je les regardai sans comprendre, heureux quand même de voir ce fric. Je le remerciai bêtement avant de lui faire remarquer que sa générosité était prématurée puisque la paie tombait le vendredi et que nous n'étions que mercredi.

— Tu as raison, me dit-il, sauf que tu es renvoyé. Allez, dégage !

Il sortit sans un mot et me laissa seul face à l'argent et surtout face à moi-même.

*

Je me regardais dans ce miroir brisé, et le portrait qu'il me renvoyait devait en fin de compte être le reflet exact de ce qu'était devenue ma vie.

Je fermai les yeux et des notes de piano se mirent à fuser dans ma tête.

*

La musique s'élevait dans la pénombre de la salle de spectacle. Les hommes et les femmes étaient comme figés, dans un autre monde, inatteignable, incompréhensible, tant il est fragile et délicat, tant il est sensible et spontané.

La salle était magnétisée par le jeune homme qui occupait la scène. Mike Wilson, dix-huit ans, pianiste de génie, comme on en voit un par siècle, jouait le *Cinquième Concerto* de Beethoven avec une aisance et une facilité déconcertantes. Il était en nage, habité comme seuls le sont ceux qui arrivent à s'isoler du monde extérieur pour tout donner de leur talent lorsqu'il est mis à l'épreuve.

Mike était seul dans sa bulle au moment où sa main se posa sur la dernière note. Les applaudissements le firent sursauter comme s'il avait oublié les huit cents personnes qui étaient venues l'écouter. Il se leva timidement et salua le public déjà debout qui hurlait des bravos tonitruants. Presque gêné devant tant d'euphorie, il s'inclina une dernière fois et sortit de scène.

Dans les coulisses l'attendait sa mère, une femme d'une cinquantaine d'années au visage dur et fermé.

— C'est bien, Michael, je suis fière de nous.

Mike lui murmura un « merci, maman » un peu forcé, comme s'il comprenait que sa mère n'était pas totalement satisfaite de sa performance.

Elle croisa son regard et lui dit simplement :

— Nous en parlerons à l'hôtel plus tard. Ce n'est pas le moment, on nous attend.

Elle l'entraîna en coulisse où une petite soirée battait déjà son plein. Les journalistes se précipitèrent autour de Mike.

— Monsieur Wilson, votre prochain concert ?

— Monsieur Wilson, avez-vous signé avec une maison de disques ?

— Monsieur Wilson, la dernière fois que je vous ai vu en concert...

Sa mère leva le bras d'un geste autoritaire.

— M. Wilson n'a rien à dire, chaque chose en son temps. Mike et moi travaillons main dans la main depuis des années, comme vous le savez. J'ai tout supervisé pour que Mike ait la plus belle et la plus longue carrière possible. Il y a encore beaucoup de travail. Signer avec une maison de disques semble encore prématuré, bien que nous ayons de nombreuses offres, comme vous pouvez l'imaginer. La prochaine tournée commencera dans trois mois, aux alentours de juin, puis quand j'aurai arrêté mon choix sur cette fameuse maison de disques, nous enregistrerons le premier album de Mike Wilson. Voilà, messieurs. Merci, nos amis nous attendent. Allons-y, mon chéri.

Les journalistes firent quelques photos de ce couple étonnant où Mike paraissait balayé par l'autorité de sa mère.

La soirée était très animée, les compliments fusaient de tous les côtés, à peu près chaque fois contrecarrés par Mme Wilson qui avait un peu bu et répétait que ce n'était pas les louanges qui faisaient avancer mais seuls le travail et la détermination.

Mike avait l'air ailleurs, comme perdu, loin de ces conversations qui, à ses yeux, n'avaient pas grand intérêt.

Secrètement il ne supportait pas qu'on parle de lui, et encore moins l'omniprésence de sa mère qui ne manquait pas une occasion de lui rappeler qu'il en était arrivé là grâce à elle, grâce à sa détermination, à son implication quotidienne, grâce aussi, bien sûr, au talent exceptionnel de Mike, mais le talent, s'il n'est pas canalisé, travaillé avec acharnement, peut se galvauder, disparaître. La rigueur, répétait-elle, est la seule manière de le faire aboutir et si on ne cultive pas ce cadeau des dieux, si on ne le respecte pas, il se dissout et l'on devient un raté.

Mike s'éloigna discrètement, laissant sa mère à ses discours bien préparés, salua quelques personnes à la hâte et s'éclipsa.

*

Quand Mme Wilson entra dans la chambre d'hôtel, elle trouva Mike installé dans un fauteuil en face de la télé. Elle était visiblement soûle. Elle se dirigea vers le bar et se servit un scotch.

— Où étais-tu ? Je me suis fait un sang d'encre, tu n'as pas le droit de me faire ça, je suis ta mère, quand même.

— Oui, maman, excuse-moi, mais j'étais fatigué et puis j'avais besoin de me retrouver seul après le concert, je n'aime pas ces soirées, je ne les comprends pas, lui répondit-il gentiment.

— La question n'est pas de les comprendre, Mike, lui dit-elle, mais simplement de les accepter.

— Alors je ne les accepte pas, s'énerva Mike. Ce que je veux, c'est jouer, pas parler, la question c'est que tu m'étouffes, la question c'est que j'en ai marre de t'entendre pérorer sur ton exceptionnel accomplissement, sur ta formidable manière de me contrôler, de me travailler, de réguler chaque minute de ma vie comme si elle t'appartenait. J'ai dix-huit ans, maman, et je suis moi. Sans moi, c'est toi qui ne serais rien... Regarde-toi, tu tiens à peine debout, tu n'es qu'une pauvre alcoolique qui s'accroche à un rêve qu'elle n'a jamais réalisé qu'à travers moi, son fils.

La gifle qu'elle lui envoya lui fit très mal. Pas physiquement, bien sûr, mais le mal qu'elle provoqua était irréparable. La violence est le propre du faible et Mike venait de comprendre que sa mère était faible. Ou plutôt qu'il était devenu fort pour la première fois de sa vie. Il la regarda avec une assurance nouvelle.

— C'est un peu facile, ajouta-t-il, très calme. C'est tout ce que tu as à me dire ?

Sa mère resta sans voix. Mike la regarda froidement et sortit.

*

Les premiers pas qu'il fit dehors seul pour la première fois auraient pu lui faire du bien s'il n'avait été perturbé par les cris de sa mère qui provenaient du balcon de la chambre d'hôtel.

— Reviens ici tout de suite, Mike ! hurlait-elle. C'est moi qui t'ai fait, c'est moi qui ai fait naître ce talent en toi, qui l'ai développé, qui l'ai construit. Tu n'as pas le droit de me parler comme ça.

Dans son hystérie, Mme Wilson ne se rendait pas compte qu'elle se penchait dangereusement dans le vide. Mike se retourna sous le regard de quelques passants agglutinés sur le trottoir, qui observaient ce spectacle pour le moins étonnant. Mme Wilson était dans une fureur noire.

— Tu n'es qu'un ingrat, j'ai sacrifié ma vie pour toi, vociféra-t-elle, tu n'as pas le droit, tu m'entends...

Elle tituba et se raccrocha à la rambarde. Mike prit peur et cria :

— Maman, fais attention !

La bouteille que Mme Wilson tenait à la main l'empêcha de se rattraper et elle bascula dans le vide en hurlant le prénom de Mike de toutes ses forces avant de s'écraser cinq étages plus bas.

*

Lorsque je passai la porte de mon petit appartement, mon vélo à la main, je fus immédiatement accueilli par Prince, mon caniche géant, probablement abandonné quelques années plus tôt par de riches propriétaires de Beverly Hills qui, une fois leur engouement passé, s'en étaient débarrassés aussi loin que possible pour qu'il n'ait ni l'idée ni l'instinct de retrouver son chemin.

C'est lui qui m'avait découvert un soir de dérive. Il était venu s'asseoir à côté du banc où j'étais allongé et il m'avait regardé avec cette tendresse qu'ont toujours les chiens. Il avait posé sa patte sur mon ventre comme pour dire « ça va aller » et, lorsque j'étais parti, il m'avait suivi. Ça faisait trois ans que nous étions partenaires pour le meilleur et surtout pour le pire.

Prince se jeta sur moi, me lécha le visage, frétilla de la queue, bref ce que font la plupart des chiens qui vous aiment, et se mit à japper doucement.

— Je parie que tu as faim, lui dis-je en me dirigeant vers le frigo.

L'intérieur faisait peine à voir. Une canette de bière déjà entamée, une vieille laitue toute flétrie, et une boîte de nourriture pour chiens. Quelle chance ! Je l'ouvris et remplis le bol de Prince qui avala sa pâtée en quelques secondes avant de me regarder fixement.

— Désolé, mon pote, c'est tout pour ce soir.

Prince m'observa et se dirigea vers la porte.

— Tu veux aller en haut ? Allez, on va faire les comptes. Tu vas voir, c'est pas brillant.

Je quittai l'appartement composé d'une chambre à coucher, d'un petit salon, d'une toilette, d'une kitchenette et d'une douche. Voilà, c'était propre et confortable. J'avais eu la chance de rencontrer une assistante sociale qui avait eu la gentillesse de me procurer cet endroit à un prix imbattable, mais que je ne pourrais conserver sans travailler.

J'attrapai ma dernière bouteille de scotch et montai l'escalier, précédé de Prince. J'adorais ce toit, surtout la nuit avec toutes les lumières de downtown Los Angeles, sans compter les étoiles. Je m'étais installé un petit transat et il m'arrivait de passer de longues heures à rêvasser à mon avenir incertain face au magnifique spectacle qui s'offrait à mes yeux.

Je bus un coup au goulot et sortis tout l'argent que j'avais dans ma poche.

— Mon cher Prince, voici le bilan mensuel de Mike Wilson Entreprise : le montant est de 34 dollars et 65 cents. Considérant l'inflation et la projection des revenus futurs, mon opinion est que nous sommes sérieusement dans la merde !

Prince me regarda et posa sa patte sur mon genou. Je lui caressai doucement la tête.

— Mais comme on dit, demain est un autre jour et il ne peut pas être pire !

Prince aboya en regardant la lune et nous restâmes tous deux, face à ce paysage aussi magique qu'un dessin animé.

L'important c'est de tout voir du bon côté, même dans les sales moments. Il n'y a rien à perdre à rester positif. Imaginez qu'en plus on soit négatif !

C'est sur ces pensées « philosophiques » que je m'endormis dans mon transat, bercé par la douce chaleur de la nuit californienne.

*

La tête un peu lourde, je fus réveillé par un soleil déjà haut dans le ciel qui me fit cligner des yeux. Prince était au garde-à-vous. Je m'étirai mollement et me levai. La bouteille à côté du transat était à moitié vide, je l'ouvris et en pris une bonne gorgée.

Que c'est bon le café du matin ! Surtout celui-là.

Lorsque je sortis dans la rue, j'étais fraîchement rasé, vaguement coiffé, je portais une veste avec une chemise à peu près repassée et mon jean qui tombait sur des tennis fatiguées. J'enfourchai mon vélo et j'entendis les habituels aboiements de Prince juste avant de tourner le coin de la rue et je me rendis, d'un coup de pédale décidé, au bureau de mon agent, Rick White.

Rick avait une petite agence de musiciens en tout genre, des moyens et des « en recherche de travaux musicaux ». C'était un dilettante qui préférait s'occuper de son apparence de jeune loup plutôt que des artistes dont il avait la charge. Il avait quarante ans, était supposément friqué et draguait tout ce qui bougeait en mettant bien en avant sa qualité d'agent artistique, ce qui lui permettait de lever quelques gonzesses glauques venues chercher une gloire improbable en leur promettant qu'il serait avec elles au prochain Grammy. Le pire, c'est que ça marchait !

Gladys, sa secrétaire, me reçut avec sa gentillesse habituelle.

— Qu'est-ce que tu veux, Mike ?

— J'ai rendez-vous avec Rick.

— Je ne vois rien sur son agenda te concernant.

— Effectivement, si tu répondais au téléphone j'aurais la possibilité d'en prendre un, mais comme ça a l'air difficile pour toi de décrocher, de simplement dire « Bonjour, agence Rick White », et de prendre un rendez-vous, je pense qu'il est difficile d'obtenir quoi que ce soit, dis-je en prenant son planning vierge. Donc, en clair, je veux voir Rick.

— Il est occupé, très occupé, rétorqua-t-elle avec assurance.

— Ah oui ? Et à quoi ?

— Ça le regarde.

Je lui lançai un sourire sarcastique et me dirigeai vers la porte qui menait à l'unique bureau, celui de Rick White. Gladys essaya de m'arrêter mais c'était trop tard, j'étais devant Rick qui jetait des boules de papier froissé dans sa poubelle qui faisait office de panier de basket-ball. Sans lever les yeux, il lança mollement :

— Gladys, j'ai dit que j'étais occupé.

— En effet, t'as vraiment l'air très occupé.

Au son de ma voix, il s'arrêta et releva la tête.

— Mike, le grand Mike Wilson, le seul musicien au monde qui arrive à se faire lourder du Drake Hotel. Personne, tu m'entends, personne ne se fait débarquer du Drake Hotel, même pas les cafards. Tu vois où ça te situe…

— Très drôle, lui dis-je. Écoute, j'ai besoin d'un job.

Il me considéra avec indifférence.

— Un job ! Tu peux même pas rester dans un endroit comme le Drake, et tu veux un job ! C'est pas d'un boulot dont t'as besoin, Mike, c'est d'un psychiatre. Allez, barre-toi !

— T'es mon agent !

— J'étais. L'agence ne veut plus te représenter...

— Tu ne peux pas faire ça, Rick, on a un contrat.

— Fais-moi un procès, dit-il en riant. Vas-y, fais-moi un procès, répéta-t-il doucement.

Là, je touchais vraiment le fond, je n'avais plus rien, plus personne sur qui compter, même cet agent stupide et dilettante ne voulait plus de moi. Avez-vous déjà vécu ces moments de rejet complet où vous ne pouvez compter que sur vous-même – ou sur une âme charitable si vous avez la chance de tomber dessus avant de faire une connerie ? Les bonnes et les mauvaises nouvelles arrivent toujours en même temps. Là, c'était l'ouragan Katrina multiplié par deux.

Je regardai Rick.

— Tu le regretteras, lui dis-je, tu verras, un jour...

Il me coupa la parole en riant très fort.

— C'est ça, Mike, un jour, un jour, demain on rase gratis... Tu connais ? Allez, bon vent, Mike, et t'égare pas trop sur la route du désespoir car, à un moment de ta vie, tu t'y perdras.

— T'inquiète pas pour moi, je ne peux pas tomber plus bas.

Il se marra à nouveau.

— Tu pourrais être surpris. Allez, salut !

Et il reprit son lancer de boulettes de papier dans la poubelle en plastique de son bureau.

*

Je déambulai, un peu sonné. J'entrai dans un coffee shop et en ressortis avec un café. Je m'assis sur un banc et je me préparais à le déguster lorsqu'un passant surgi de nulle part y jeta une pièce de monnaie, certain de faire là sa bonne action de la journée. Je contemplai mon gobelet et le passant qui s'éloignait, murmurai doucement un « merci » inaudible, le jetai dans une poubelle et repris ma marche tranquille.

Cela faisait plusieurs heures que je faisais le tour des magasins à la recherche d'un petit boulot qui me sortirait de la panade pendant quelques semaines, le temps de trouver quelque chose de plus décent ou de plus en accord avec mon vrai métier. Ce n'était pas mon jour de chance, personne n'avait besoin de quelqu'un. J'étais prêt à abandonner ma journée « recherche d'emploi » lorsque mon regard fut attiré par une affiche : « Nous recrutons homme de ménage. »

Je traversai la rue et me retrouvai en face d'un vigile au-dessus duquel trônait le sigle « Studio Vision Classique ». Il me regarda d'un air suspicieux.

— C'est à quel sujet ?

— C'est pour l'offre d'emploi.

— Vous commencez à 4 heures du matin et terminez à 8 heures.

— OK, lui dis-je.

Il me fixa, étonné :

— OK ?

— Oui, je prends le job.

J'eus l'impression qu'il était désarçonné par la rapidité de ma réponse, mais il se reprit et me tendit une feuille de papier :

— Nom, prénom, adresse, situation.

Je saisis la feuille, la remplis en quelques secondes, et la lui rendis.

— Vous commencez cette nuit... enfin demain matin. C'est payé 10 dollars de l'heure, ça va ?

— Ça va, ça va très bien même, à tout à l'heure.

— Attends, attends ! Quand t'arrives, tu demandes Hank, c'est le gardien de nuit. Je l'aurai prévenu (il consulta la feuille) que M. Mike Wilson est le nouvel agent d'entretien. OK ?

— OK. Alors à ce soir, ou plutôt à demain matin.

J'étais dans West Hollywood, un quartier friqué dans lequel je n'avais pas dû mettre les pieds depuis de longues années. Même si je ne m'y sentais pas tout à fait à l'aise, je remerciais le ciel de m'y avoir amené dans mon errance. J'y avais trouvé un boulot, en plus dans un studio de musique classique, j'étais de retour dans mon élément, peut-être au plus bas de l'échelle, mais de retour quand même.

Je repérai un bar très classe où je pénétrai, bien décidé à célébrer cet instant important.

À peine la porte passée, je décidai sur-le-champ de rebrousser chemin, lorsqu'une voix m'arrêta.

— Pourrais-je avoir un peu d'eau, s'il vous plaît ?

Cette voix avait une douceur impalpable et, sans regarder la personne dont la voix allait faire basculer ma vie, je m'installai au bar.

*

Le barman me dévisagea avec un air un peu moqueur. Je l'ai regardé avec la détermination des gens qui savent qu'ils ne sont pas forcément à leur place suivant les endroits, des gens qui projettent leur faille avant qu'on leur ait posé la moindre question. J'étais bien décidé à célébrer mon nouvel emploi et surtout à découvrir à qui était cette voix qui m'avait empêché de battre en retraite. Le barman me fixa :

— Vous désirez ? me demanda-t-il, sarcastique.

— Whisky double, sans glace, lui répondis-je sans le quitter des yeux.

Il fut surpris par mon aplomb et se pencha vers moi.

— T'es sûr que c'est un endroit pour toi ?

Je le fixai, sans ciller :

— C'est un bar, non ?

Il me toisa, un peu surpris :

— Effectivement, c'est un bar.

— Alors c'est un endroit pour moi, lui répondis-je en souriant.

Il se retourna vers l'incroyable collection de bouteilles rangées derrière lui.

— Quelle sorte de whisky ?

À son ton je compris qu'il essayait de me ridiculiser – aux yeux de qui, je n'en sais rien, puisque cette fille ou plutôt cette voix je ne la connaissais pas et que, à part elle, il n'y avait que lui et moi ici. J'étudiai la multitude de whiskies qui s'offraient, puis très calme, je lui dis :

— La sorte pas cher.

Il haussa les épaules et attrapa une bouteille qui était planquée sous le bar, là où personne ne pouvait la voir, tant elle devait être honteuse dans un endroit aussi élégant. Il me servit un bon verre et le posa devant moi.

— À ce prix-là, j't'en ai fait un triple.

Je considérai le verre qui était effectivement bien rempli et, tout en souriant au barman qui me dévisageait, hilare, je bus une gorgée.

Pourquoi étais-je entré ici ? Qu'est-ce qui m'y avait poussé ? Était-ce le hasard ou le signe que les choses allaient changer, ou était-ce tout simplement le seul bar des environs ?

Quoi qu'il en soit, « elle » était là. Au début, on n'a pas conscience de ce que signifient ces chaleurs incontrôlables, cette énergie qui peut vous envahir à tout âge, même si avec le temps, on est moins spontané qu'à l'adolescence. On devient plus prudent, on a peur d'être trop vieux, ou alors de passer pour quelqu'un trop sûr de lui, ou encore pire, pour un play-boy des bars. Quoique dans mon cas, vu mon look, cette dernière hypothèse ne tenait pas la route.

Bref, j'eus une envie terrible de lui parler. Je me retournai et la regardai.

Elle devait avoir la trentaine. Elle était en train de feuilleter une liasse de papiers. Elle avait un visage délicat, fragile, pâle. Elle était jolie mais d'une manière pudique, empreinte de respect, de sérieux.

Elle releva la tête et but une gorgée de son café. Ses yeux marron-vert brillaient d'une étincelle et s'animaient d'un mélange d'intelligence et de tristesse. Elle jeta un œil sur sa montre et tourna la tête de mon côté. L'intensité de mon regard dut la gêner car elle baissa les yeux. Je ne voulais surtout pas l'embarrasser, mais j'étais bouche bée, incapable de bouger ou de prononcer un mot. C'est donc elle qui parla la première :

— Ça va ? dit-elle doucement.

Assez maladroitement, je sortis de ma bulle.

— Oui, oui, ça va.

Puis je repris, car elle allait replonger la tête dans son dossier :

— Et vous ? Bonne journée ?

— Oui, pour l'instant.

— Pour moi aussi.

Elle me regarda, un peu agacée.

— C'est une bonne journée pour moi aussi... pour l'instant, répétai-je bêtement.

Elle sourit devant mon embarras.

— J'veux dire hier, c'était vraiment pourri, comme journée... mais aujourd'hui c'est plutôt bien. C'est ça qui est génial dans la vie, on ne sait jamais ce qui vous attend au coin de la rue.

Elle sourit poliment et repiqua du nez dans ses papiers.

— Je peux vous offrir un verre ? proposai-je en m'avançant vers sa table.

— J'ai rendez-vous avec quelqu'un, dit-elle sans sécheresse mais avec fermeté.

Je ne me démontai pas, même si sa réponse était sans appel. Elle n'était donc pas seule, pas disponible, elle avait la tête occupée par « quelqu'un » qui allait débarquer d'un moment à l'autre.

— Eh bien, vous pourrez le boire avec lui quand il arrivera, répliquai-je, sincère.

Elle me dévisagea avec une lueur d'étonnement dans les yeux mais garda ses distances.

— Vous perdez votre temps, monsieur, vous n'allez pas me « lever », comme on doit dire dans votre jargon.

— Je ne pensais pas à vous « lever », lui dis-je. Je ne pensais pas du tout à ça.

— Ah bon, alors vous pensiez à quoi ? me rétorqua-t-elle, amusée.

— J'essayais juste d'être amical.

Je la sentis un peu embarrassée et gênée. Jusqu'à preuve du contraire, quand un homme s'adresse à une femme, ce n'est pas systématiquement pour la draguer...

— Dans ce cas, je prendrai un autre café, me dit-elle gentiment.

Je regardai le barman qui haussa les épaules en s'exécutant.

*

Franck Hashby avait la cinquantaine. Cela faisait maintenant un an qu'il était le président de la division classique de Studio Vision. Il était habillé avec une élégance recherchée mais discrète. Assis sur le canapé de la réception, il feuilletait un magazine sans y prêter le moindre intérêt quand une femme s'avança vers lui.

— M. Lawton vous attend.

Franck se leva et la suivit. Elle poussa une lourde porte et s'effaça pour le laisser entrer dans un vaste bureau, décoré avec goût. Cet endroit respirait la puissance. Les tableaux accrochés aux murs montraient clairement à celui qui pénétrait dans cet antre qu'il n'y avait aucun doute à avoir sur le pouvoir du propriétaire des lieux.

William Lawton, le patron de Lawton Corporation, était assis derrière son imposant bureau. La soixantaine, il avait l'assurance des gens qui ont incroyablement réussi, mais sans frime, sans ce besoin qu'ont souvent ceux qui ont eu un coup de chance de montrer leur succès et de l'étaler d'une manière pathétique.

Non, William avait réussi d'une manière digne et respectueuse, en travaillant dur.

L'amour et le respect de leur métier appartiennent à tous ceux qui ont du cœur à l'ouvrage et William Lawton en avait. Il s'était fait tout seul, comme on dit. Il travaillait dur depuis l'âge de quatorze ans, il avait appris sur le tas, ce qui est parfois l'une des meilleures écoles pour réussir.

En voyant Franck entrer, il se leva, lui serra la main et lui fit signe de s'asseoir. Il resta debout, ce qui n'était pas forcément bon signe.

— Franck, commença-t-il, je suis en retard à un rendez-vous, donc je serai bref. La division classique de ma compagnie de disques ne représente qu'une toute petite partie de mon business, mais c'est la seule sur laquelle je perds de l'argent, et comme tu le sais je n'aime pas ça, pour une raison : je dois expliquer ces pertes à mes actionnaires. Je t'aime beaucoup, Franck, et je te respecte, je sais de quoi tu es capable, c'est pour ça que je t'ai demandé de t'occuper de cette division, mais jusqu'à aujourd'hui je n'ai vu aucun changement.

Franck se leva plus par respect que par obligation.

— Ce n'est pas le genre de challenge qu'on réussit si facilement, en tout cas pas sans y consacrer un minimum de temps... et d'argent.

Ce que William appréciait chez Franck, c'est qu'il était posé, intelligent, qu'il ne cherchait pas d'excuses mais allait droit au but.

— Alors comment vois-tu le problème ? l'interrogea-t-il.

— Le monde de la musique classique est un microcosme qui ne fonctionne pas comme le monde de la musique en général. C'est un monde qui a toujours été plus subtil, encore plus aujourd'hui où toutes ces émissions de téléréalité galvaudent des talents potentiels en faisant croire que le succès et la gloire sont à la portée de tous, que dans les six mois ils seront les idoles d'une génération mais d'une génération pop-corn qui, sans qu'ils en sachent rien, les consomme à la vitesse de chewing-gum mâché-craché. Le réveil est douloureux et c'est là que le vrai talent, s'il existe, peut réellement se révéler. C'est un métier qui passe par la souffrance, par le doute, par l'insécurité, par l'humilité et surtout par une extrême lucidité. Il faut savoir garder les pieds sur terre si l'on veut durer, il faut anticiper un futur improbable, pour traverser les années. Alors, autant je peux te trouver l'artiste jetable à tous les coins de rue, autant le prochain Bernstein sera difficile à dénicher. Si tu veux un bon pianiste, j'en ai des dizaines, mais si tu veux la perle rare, je ne l'ai pas encore trouvée. Et je ne la trouverai peut-être jamais.

William Lawton le regarda pendant plusieurs secondes. Franck ne le quittait pas des yeux, il connaissait bien William et savait que celui-ci avait pleinement conscience de la difficulté qu'il y avait à trouver ce qu'il cherchait.

— Je n'abandonnerai pas, finit-il par dire, je n'ai jamais...

Il ne termina pas sa phrase. Son visage se remplit d'une émotion inattendue chez un homme d'un tel pouvoir, mais il se reprit et poursuivit :

— ... rien perdu, en tout cas dans mon business.

Franck savait trop bien de quoi il parlait mais William enchaîna. C'était ça, sa force, être capable d'avoir des émotions et de les contrôler – sauf peut-être lorsqu'il était seul.

— Mais ça ne peut pas être illimité. Utilise toutes les ressources nécessaires, tu as carte blanche, mais je veux, tu m'entends bien, je veux un résultat... rapide, sinon j'arrête la division classique.

Franck comprenait parfaitement ce que ça signifiait. Personne, et lui moins qu'un autre, ne pouvait décevoir William.

— C'est un ultimatum ? demanda calmement Franck.

— Non, c'est un fait, lui répondit William. Bonne journée, Franck.

Le ton n'était ni sec ni cassant, il signifiait poliment mais fermement que l'entretien était terminé.

Franck se leva, serra la main de William et sortit du bureau.

William regarda la ville immense qui s'étalait sous ses yeux et murmura :

— Où es-tu ?

*

La facilité avec laquelle nous nous étions engagés dans la conversation prouvait bien qu'il se passait quelque chose de spécial, comme si nous nous étions toujours connus. Nous parlions de la vie, des relations humaines avec naturel et simplicité, sans chercher à nous impressionner l'un l'autre. La banalité est parfois la preuve qu'il se passe quelque chose de plus important qu'on ne le pense.

— Et c'est ça le problème, lui dis-je, les gens ne communiquent plus en direct. Ils sont en face d'un écran en plastique qui leur donne l'illusion de communiquer, mais qui aseptise complètement les rapports humains et leur permet de cacher leurs sentiments, de ne plus avoir peur d'une confrontation, puisqu'ils n'ont plus ou peu ce contact direct qui les met face à une réalité, parfois triste, parfois gaie, mais toujours faite de véritables émotions.

Elle me regarda et sourit.

— C'est vrai et c'est très dommage. On ne peut pas systématiquement fuir ses peurs, il faut leur faire face, quelle que soit la souffrance qu'elles peuvent provoquer, il faut les assumer pour les vivre pleinement et surtout éventuellement s'en débarrasser. À ce moment-là, on peut avancer, ce qui est malheureusement difficile quand on est seul. La vie c'est toujours mieux...

Elle s'interrompit :

— ... à deux, ajouta-t-elle simplement.

Hélas, ce moment ne dura que quelques secondes. Celui qu'attendait Lucy se tenait devant elle. Quand je le vis dans le miroir, toutes mes craintes s'effacèrent.

C'était le stéréotype même du mec imbuvable, trop bien coiffé, trop bronzé, trop musclé, trop habillé, trop sûr de lui, trop formaté, comme le sont généralement les types qui n'ont pas confiance en eux. Il ne pouvait pas être le genre de Lucy. Et cette pensée me remplit de satisfaction.

— Ça va, Lucy ? lança-t-il en s'asseyant à la table, sans qu'elle l'y invite.

Il interpella le barman.

— Jack, petit pote, un Sex on the Beach.

Le barman, qui s'appelait donc Jack, s'exécuta.

— Et vous êtes ? dit-il en me regardant vaguement.

— Mike. Mike Wi...

Je n'eus même pas le temps de terminer qu'il enchaîna :

— Bon, Mike, sans vouloir vous commander, Lucy et moi avons à discuter business et ça serait pas mal que vous nous laissiez un peu d'espace pour qu'on puisse parler tranquillement.

J'avais sérieusement envie de lui foutre mon poing dans sa gueule d'Adonis de magazine de troisième zone, qu'on n'aurait même pas osé vendre par correspondance. Je n'avais peut-être pas un costard à 2 000 dollars mais j'étais propre sur moi. Je savais que Lucy était gênée par l'attitude de ce bouffon mais n'avait aucune envie que la conversation dégénère.

— Désolée, Mike, merci pour le café.

— À bientôt, murmurai-je.

Et sur ces mots, je me réinstallai au bar, laissant ce pathétique crétin à son business probablement aussi bidon que lui.

Le barman me fit un clin d'œil et, sans que je lui aie demandé quoi que ce soit, me resservit une généreuse rasade de ma cuvée perso.

— Cadeau de la maison.

Pour la première fois, il esquissa une grimace en forme de sourire.

*

Je ne voulais pas écouter leur conversation, mais j'étais là. Ce type s'appelait Gerald et il était arrogant et prétentieux.

— Arrêtons de rêver, ma chère Lucy, dit-il avec cette suffisance qu'ont les petits qui se sentent bêtement en position de force alors qu'ils ne dégagent qu'une triste faiblesse. L'offre est raisonnable, enchaîna-t-il, six fois le bénéfice, pour un immeuble dans un bon quartier, il est vrai, mais pas pour un immeuble de vingt ans d'âge...

Lucy le regarda sans se démonter, elle avait l'air d'avoir l'habitude de ce genre d'abruti qui avance des chiffres sans savoir de quoi il parle.

— Gerald, je vous ai déjà dit et je vous le répète, mon client veut huit fois le bénéfice, donc lorsque vous aurez une offre valable, faites-moi signe.

— Mais c'est une offre valable, rétorqua-t-il, vous savez très bien que huit fois le bénéfice, ce ne serait pas raisonnable.

— Par rapport au quartier, ça l'est, et votre argument sur l'âge du building est ridicule, c'est un immeuble en parfait état, bien entretenu et construit par IM Pei.

— Qu'est-ce que les Chinois viennent faire là-dedans ? objecta-t-il, pensant marquer des points. Tout le monde sait que leurs constructions sont bas de gamme, justement.

Lucy esquissa un sourire.

— OK, Gerald, alors oublions les Chinois et parlons des facteurs sous-jacents...

— Quels facteurs sous-jacents ? Lucy, ça fait... sept ans que je suis dans l'immobilier. Ne rendez pas les choses compliquées, et ne mêlez pas les Chinois à cette affaire, je vous préviens... Nous avons un contrat...

Lucy se contenta de sortir une carte de visite.

— Vous savez où me joindre, mais au cas où vous l'auriez égarée, oubliée, mangée peut-être, voici à nouveau ma carte.

Elle la posa fermement sur la table. Je ne sais pas pourquoi mais c'est le moment que je choisis pour intervenir.

— Vous êtes dans l'immobilier, n'est-ce pas ?

Ils me regardèrent tous les deux, sans savoir si je me foutais de leur gueule ou si j'étais réellement naïf. Gerald en profita :

— Non, nous sommes dans la vente de chaussures en gros.

Je souris.

— J'ai failli entrer dans l'immobilier il y a plusieurs années...

— Écoute, mon pote, maugréa Gerald, profite que les olives et les cacahuètes soient gratuites pour en faire des provisions pour l'hiver et laisse-nous finir nos affaires.

— Et je suis assez d'accord avec Lucy, six fois les bénéfices, ce n'est pas réaliste et en plus les facteurs sous-jacents sont importants car...

— Écoute, mon pote, répéta Gerald comme s'il était abonné à écoutemonpote.com, je ne sais pas de quoi tu parles...

Cette fois, c'est moi qui lui coupai la parole.

— Nous sommes tous d'accord avec ça...

Lucy sourit.

— Je disais donc, enchaînai-je, que les facteurs sous-jacents sont importants car on ne peut pas calculer la valeur d'un immeuble seulement sur son bénéfice.

— Ah oui et pourquoi ? me demanda-t-il, toujours aussi sûr de lui.

— Parce que c'est un système décidé par les agents immobiliers pour faire baisser les chiffres d'une vente potentielle, par rapport à leur client qui bénéficiera donc d'un achat au rabais.

Il me regarda, mal à l'aise.

— C'est mon système et ça a toujours marché comme ça, dit-il avec moins d'assurance.

— Bien sûr, c'est votre système, « mon p'tit pote » (je ne pouvais pas la louper celle-là), parce que comme beaucoup d'agents immobiliers, vous avez appris votre métier sur le tard, pour vous donner l'impression de faire quelque chose de votre vie, mais vous ne l'avez pas choisi par passion ou conviction. Vous cachez ce manque derrière des formules toutes faites que vous ne comprenez pas bien, voire pas du tout.

Gerald se tourna vers Lucy, dans un pathétique appel au secours qui demeura sans réponse.

Elle se leva.

— Mike, j'ai été ravie de vous rencontrer.

Et sans être consciente du plaisir qu'elle me procurait à cet instant, elle se dirigea vers la porte. Gerald la suivit du regard et, pour renforcer son personnage de macho à la con, appuya sa pauvre détresse d'une phrase affligeante pour la race masculine.

— Elle est un peu coincée mais elle a un beau cul... hein ?

Jack, le barman, le dévisagea avec une expression aussi vide qu'une vitre en Plexiglass transparent ; quant à moi, la seule chose que je voyais, c'était la carte de visite que Lucy avait laissée sur la table. Gerald m'interpella alors que je la glissais dans la poche arrière de mon jean.

— Parce que tu crois qu'un type comme toi a une chance avec une fille comme elle ?

— Écoute, pauv' mec, je sais ce que tu penses. Tu crois que tu peux m'humilier avec tes costards à 2 000 dollars et tes mocassins à pompons. Eh ben, tu peux pas. Parce que sous tes vêtements sans défaut il n'y a qu'un petit con centré sur lui-même, égoïste et surtout sans intérêt.

Gerald était pétrifié. Il eut un regard de chien battu vers Jack, la seule personne qui pouvait encore prendre sa défense.

— Jack, vous allez laisser ce type me parler comme ça ?

Jack le considéra pendant quelques secondes, pensif et comme absorbé par la question, et après une courte réflexion, lui répondit simplement :

— Oui, et je suis tout à fait d'accord avec lui.

Je jetai mon dernier billet de 20 dollars sur le bar et sortis sur le trottoir. Je cherchai Lucy du regard. Elle était là, juste en face, devant sa voiture, et me tournait le dos. Dans mon for intérieur et avec une pointe de superstition je la suppliai de se retourner : si elle s'exécutait, j'avais rencontré la femme que j'attendais depuis toujours. J'entendis le bip de l'ouverture des portières et continuai à espérer... Et le miracle s'est produit, elle s'est retournée. Malgré la distance qui nous séparait, je décelai même un petit sourire. Elle a levé la main. J'ai aussi levé la mienne, elle est montée dans sa voiture, elle a mis le contact et elle est partie.

Je saisis la carte de visite que j'avais prise sur la table du bar, la regardai et souris. C'était peut-être ma baguette magique.

*

Franck Hashby n'avait pas perdu de temps. Il n'en perdait jamais d'ailleurs, et sa vie affective, quasi inexistante, prouvait bien qu'il passait le plus clair de son temps à travailler.

Il était dans son bureau au téléphone. Un autre homme était assis en face de lui. Jamie, c'était son nom, était un producteur de musique classique qui se distinguait par sa capacité à repérer les talents, ceux qui sont peut-être remplis de défauts, ceux qui n'ont pas forcément le bon look, ceux qui pensent ne pas en être capables, mais qui ont ce petit plus qui fait d'eux des êtres quasi uniques. Jamie n'en avait découvert que cinq en vingt ans, ce qui était déjà beaucoup. Ce n'était pas des génies à proprement parler mais des musiciens hors pair malgré tout.

Pour Jamie le talent était inné, souvent accompagné de pudeur et d'humilité.

Il ressemblait plus à un professeur de musique qu'à un producteur. Il regardait Franck se débattre avec son interlocuteur, qui lui expliquait qu'il avait toute une équipe de jeunes talents, dont un à Chicago. Franck le coupa, agacé :

— Tu ne m'écoutes pas, Alan. Pas de musiciens qui sont sur un circuit déjà connu, pas d'artistes en devenir et qui n'y arriveront jamais.

La réponse d'Alan fut sans appel :

— Mais de quoi tu parles ? Un nouveau Stern, un autre Leonard Bernstein ?

— Exactement, lui dit Franck.

— OK, je t'envoie des enregistrements.

Franck lui répondit un « d'accord », brutal. Stupéfait par la bêtise de ce type, il raccrocha et se tourna vers Jamie :

— Mais quel idiot. C'est hallucinant que ce type en soit arrivé là où il est.

Calme et posé, Jamie parla pour la première fois :

— Ce que tu recherches ne va pas être facile à trouver, voire impossible, surtout aujourd'hui.

— Rien n'est impossible, répondit Franck. Tu penses à quelqu'un ?

— Non, en tout cas pas pour l'instant.

— Trouve-moi une star, Jamie.

Jamie le fixa pendant d'interminables secondes, puis se leva.

— Je te tiens au courant, dit-il avant de sortir du bureau.

*

Je rentrai dans mon appartement. Prince me fit sa fête habituelle en me léchant la tronche comme si j'étais une sucette, puis colla sa truffe froide contre ma joue pour me faire un baiser.

J'étais en pleine forme. Je sortis la carte de visite de Lucy et la montrai à Prince.

— Cher ami, j'ai rencontré une femme... douce, intelligente, fragile, tendre, déterminée... une femme pour nous.

Prince aboya comme s'il comprenait la signification de ces mots. Il percevait certainement mon enthousiasme et avait envie d'y participer en donnant de la voix.

Je me dirigeai vers le téléphone. Je soulevai le combiné d'un geste décidé et le reposai aussitôt, angoissé à l'idée de ce que j'allais dire à Lucy. Peut-être qu'il serait mieux d'attendre un peu, ne pas se précipiter.

Était-ce simplement la timidité qui m'empêchait d'appeler ou alors une véritable peur de ne pas savoir quoi dire, d'avoir l'air stupide ou emprunté et peut-être de gâcher l'instant que nous avions vécu ?

Je regardai mon appartement et me dirigeai vers un petit placard. Je l'ouvris et en tirai un objet étrange, mon objet secret. C'était en apparence une simple planche de bois que je posai sur la table du salon, d'ailleurs la seule de la maison. Je m'assis sur le sofa et me mis à la contempler, je ne l'avais pas sortie depuis longtemps.

Cette planche était riche de sens, elle représentait d'une certaine manière mon passé et mon présent. Je l'avais ressortie... car peut-être recommençais-je à croire en un futur un peu meilleur. Dessiné à la main sur le bois, il y avait un clavier de piano complet, avec toutes les touches, les noires et les blanches.

J'eus un moment d'émotion devant cet objet que j'avais fabriqué pour continuer à pratiquer ce que j'aimais le plus au monde, la musique.

Depuis longtemps, je n'avais plus les moyens de m'offrir un piano, alors je m'en étais fabriqué un. Le son des notes n'avait aucune importance, car la musique était dans ma tête. Je posai les mains sur ce bout de bois et je me mis à jouer. Je n'avais rien perdu de ma dextérité et mes doigts couraient sur le clavier au rythme de la musique qui s'élevait à l'intérieur de moi.

C'était probablement un spectacle touchant car Prince me regardait fixement, en silence, comme si mon élan nouveau transperçait son cœur de chien.

J'étais un peu rouillé tout de même à force de jouer des morceaux sans intérêt, depuis tant d'années, sans m'y investir à fond. Mais je sentais la même passion, la même motivation. Le feu qui m'avait brûlé plus de vingt ans auparavant, je le sentais prêt à renaître.

L'imaginaire est souvent plus puissant que le réel. En tout cas, il nous transporte dans des mondes lointains, des mondes où seuls accèdent ceux qui y croient sans se demander pourquoi, comme les enfants qui jouent et vivent avec peu d'artifices des aventures extraordinaires.

Je m'arrêtai et contemplai ce piano de fortune, puis avec une grande délicatesse, comme s'il s'agissait d'un trésor inestimable, je le rangeai dans son placard.

*

Jamie était dans son bureau, son mur était recouvert de disques d'or et de platine, il y avait aussi un disque de diamant, récompense suprême pour un producteur, quel qu'il soit. En face de lui, étaient assis deux agents artistiques.

— Ce que je recherche, dit-il, c'est du nouveau, de l'inconnu, de l'imprévu surtout, pas une étoile filante sans réels talents sortie d'une pseudo-Star'Ac du monde du classique. Et surtout pas d'enregistrement. Je veux des auditions.

— Tu veux qu'ils performent en face de toi ? lui demanda un des agents.

— Oui, Adam, c'est pour ça que ça s'appelle une audition.

— J'ai bien compris, lui dit-il avec cette désinvolture qu'ont toujours les agents quand ils font semblant d'écouter, alors qu'ils font d'autres choses sans intérêt au même moment, comme regarder leur ordinateur, tout en se curant le nez, jeter un coup d'œil sur un projet qui attend depuis plusieurs mois, mais qu'ils auraient dû lire pendant le week-end.

— Je te prépare une liste de tous ceux qui pourraient être susceptibles de t'intéresser, lui rétorqua le deuxième agent.

— C'est ça, très bien. Messieurs, merci d'être venus.

Les deux agents artistiques se levèrent et sortirent du bureau.

Jamie regarda la porte se refermer et ce qui lui vint à l'esprit se résumait bien :

— Bande de crétins, pensa-t-il à voix haute.

*

Je débarquai pile à l'heure sur mon nouveau lieu de travail. Le gardien de nuit faisait les cent pas dans le hall en sirotant un café. Je me présentai.

— Bonsoir… enfin bonjour, je suis Mike Wilson.

— Je sais qui tu es, salut, je suis Hank, commence par le studio A. Tu trouveras tout ce dont tu as besoin dans le placard au fond du couloir.

Je le remerciai et m'engageai dans un dédale de couloirs. Le silence était total lorsque je pénétrai dans l'énorme studio A. Seule une petite lampe était allumée, ce qui alourdissait encore davantage l'atmosphère. Cette lumière extrêmement faible était faite pour préserver la laque du magnifique Steinway double queue qui trônait au milieu de la pièce.

Je commençai par vider les cendriers, puis, armé de mon balai, je m'attaquai au sol. Tout en travaillant, je ne pouvais m'empêcher de lorgner sur ce magnifique piano, la Rolls du monde de la musique. Je m'arrêtai de balayer. Les souvenirs qui me submergèrent à ce moment-là me firent monter les larmes aux yeux. J'avais tellement pratiqué, transpiré, créé, joué sur cet instrument, j'y avais laissé le meilleur de ma vie, une vie que j'avais perdue pour cet instrument tant aimé qui m'avait tant donné et surtout tellement pris.

Il n'y avait aucune amertume dans mes pensées, peut-être des regrets de m'être laissé sombrer, quelles qu'en aient été les raisons. Mais les regrets sont stupides puisqu'ils font partie du passé et qu'on ne peut pas les rattraper. Nous sommes très forts pour avancer toutes sortes d'excuses qui nous permettent d'accepter avec plus de facilité nos échecs en les mettant sur le compte du manque de chance.

Non, de la chance, j'en avais eu, puis je m'étais enfermé dans une culpabilité trop prolongée, et après avoir sombré dans l'alcool et l'oubli de moi-même, il m'était apparu plus facile d'y rester. Une fois qu'on a touché le fond on ne peut guère aller plus bas.

Je me dirigeai vers le piano et, avec ma brosse antistatique, j'effleurai doucement les notes pour les dépoussiérer. Je sentis une véritable pulsion monter en moi, je reposai la brosse et, délicatement, ma main glissa sur le clavier.

Je jouai quelques notes tout bas, d'abord pour ne pas attirer l'attention de Hank le gardien de nuit, mais surtout parce que ce geste était très symbolique pour moi, très difficile, presque impossible. Ce n'était pas comme toucher les notes du piano au Drake Hotel ou celles de ma planche en bois dont aucun son ne sortait, non, là, c'était effleurer la souffrance de ma vie inachevée.

Je m'arrêtai d'un coup, et allumai une cigarette. Ma main tremblait un peu, je sortis ma flasque et bus une bonne rasade de whisky. Une fois calmé, je repris tranquillement mon travail.

*

Lucy était assise derrière son petit bureau, sur lequel s'empilait une masse de papiers. Devant la fenêtre se trouvait Darren, en train de tirer, illégalement, quelques rapides bouffées sur sa cigarette. La trentaine épanouie, Darren était habillé avec recherche et sophistication. Il y avait dans son attitude quelque chose d'imperceptiblement féminin, ce qui ne laissait aucun doute sur ses préférences sexuelles. Préférences qu'il ne mettait ni en avant ni ne cherchait à cacher. Il était homosexuel et aussi le meilleur ami de Lucy.

Le téléphone portable de celle-ci se mit à vibrer. Elle décrocha :

— Lucy Lawton.

— Bonjour, c'est Mike.

— Qui ça ?

— Mike... Mike Wilson, on s'est rencontrés hier après-midi dans ce bar sur Sunset.

Un peu confuse, elle fit rapidement la connexion.

— Excusez-moi, Mike... mais comment avez-vous eu ce numéro ?

— Je l'ai comme qui dirait emprunté à la table où vous l'aviez laissé pour Gerald, répondit Mike, embarrassé.

— Emprunté ? répéta-t-elle, surprise par l'explication maladroite de Mike.

— À vrai dire, j'ai subtilisé votre carte. Je vous téléphonais pour savoir si vous vouliez déjeuner avec moi.

Cet homme ne manquait pas d'aplomb, se dit Lucy. Pensait-il vraiment qu'en passant un simple coup de fil à un numéro qu'il avait obtenu en « subtilisant » une carte de visite qu'elle ne lui avait pas donnée, elle allait dire oui ?

— Malheureusement, c'est ce que je m'apprêtais à faire.

— Peut-être pouvons-nous déjeuner ensemble alors, puisque tels étaient vos plans, répondit Mike avec la ferme intention de ne pas lâcher le morceau.

— Je pars à l'instant et, le temps que vous arriviez ici, je serai probablement déjà rentrée à mon bureau.

— Vous retrouver n'est pas un problème, je suis dans le hall de votre immeuble.

Lucy resta sans voix. Il lui fallut quelques secondes pour se reprendre, puis elle dit fermement :

— Écoutez, Mike, j'ai un déjeuner et je ne suis pas seule.

Et elle raccrocha. Darren qui avait écouté la conversation la regarda avec un petit sourire amusé.

— T'as été un peu dure, lui fit-il remarquer.

— Non, mais est-ce que tu te rends compte ? Je rencontre ce type dans ce bar hier après-midi, il me vole la carte de visite destinée à un de mes clients, et il a le culot de m'appeler pour m'inviter à déjeuner.

Darren éclata de rire.

— C'est génial, voilà un homme plein d'initiative. Il est mignon ?

Lucy se surprit à réfléchir avant de répondre :

— Il a du charme, oui, on peut dire qu'il est mignon, si l'on peut toujours employer ce terme pour un homme qui a probablement une bonne quarantaine.

— Eh ben, va déjeuner avec lui, alors.

— Non, j'ai un déjeuner avec toi.

— Ma chérie, tu peux déjeuner avec moi tous les jours.

— Darren, ça suffit. Allons-y !

Lorsqu'ils sortirent sur le trottoir, le cœur de Lucy faillit s'arrêter de battre. Mike se trouvait à quelques mètres et tentait d'attacher avec difficulté des boîtes en carton sur le porte-bagages de sa bicyclette. Elle attrapa Darren par le bras :

— C'est lui, chuchota-t-elle avec l'inquiétude qu'ont les gens qui ne savent plus quelle attitude adopter devant une situation qui les dépasse.

Amusé, Darren observa Mike qui, visiblement, peinait à empiler les trois boîtes à l'arrière de son vélo. Il s'avança vers lui sous le regard agacé et désapprobateur de Lucy :

— Je peux vous aider ? demanda-t-il avec amabilité.

Mike se retourna, vit Darren, puis s'aperçut que Lucy se tenait juste derrière lui :

— Bonjour, Lucy.

— Bonjour, fit-elle, un peu résignée avant de se décider finalement à faire les présentations :

— Mike, voici Darren... mon ami, qui...

Elle se retourna vers Darren et lui souffla :

— ... ne le sait pas encore mais est un mort en sursis.

— Ravi de vous rencontrer, dit Mike. Lucy, je suis désolé, je n'avais pas réalisé...

Darren le coupa immédiatement :

— Non, non, non, nous ne sommes que les meilleurs amis du monde. Je suis homosexuel et je ne représente aucun obstacle à votre intérêt pour Lucy.

Elle le regarda et, si ses yeux avaient pu se transformer en rayon laser, Darren aurait été réduit instantanément en un tas de poussière insignifiant.

— J'ai une super idée, ajouta Darren qui s'amusait beaucoup de cette situation, pourquoi ne pas aller déjeuner ensemble... tous les trois ?

Mike regarda Darren, puis Lucy. Elle était battue sur un terrain qu'elle ne contrôlait plus. Elle esquissa un sourire gêné dans lequel Mike vit tout de même un imperceptible désir de dire oui. Du moins, il eut envie d'y croire même si la chose avait été un peu forcée.

*

Le parc était magnifique, les arbres fleuris, l'herbe d'un vert idyllique. Il était d'ailleurs étonnant qu'en pleine ville, surtout celle-là, on puisse se retrouver dans un cadre aussi bucolique, à quelques minutes de buildings inhumains.

Darren était un peu étonné de la direction prise par Mike, puisqu'il n'y avait aucun bistrot dans les environs.

— Où allons-nous ? interrogea-t-il.

— Par là, indiqua Mike.

— Je ne vois aucun restaurant, souligna Lucy.

— Ça, c'est normal, il n'y en a pas, dit-il en s'arrêtant devant un magnifique magnolia, couvert de fleurs blanches.

Il posa son vélo contre l'arbre, détacha les boîtes en carton du porte-bagages et les posa sur le sol. Il enleva sa veste et s'en servit en guise de couverture pour que Lucy puisse s'asseoir.

Darren, qui avait tout compris, s'exclama avec candeur :

— Un pique-nique, comme c'est charmant ! Dites-moi, Mike, vous n'auriez pas un frère homosexuel à la maison et, sans vous offenser, un peu plus jeune que vous ?

Mike éclata de rire et secoua négativement la tête.

— C'est bien ce que je pensais, répondit Darren, un peu dépité. Bon, eh bien... vous savez, je n'ai pas très faim, alors je vais aller faire une petite promenade et essayer d'engager la conversation avec les canards de l'étang. À tout à l'heure, dit-il sans laisser le temps à Lucy de réagir.

Et il s'éloigna.

*

Je regardai Lucy s'asseoir sur ma veste. Nous étions un peu mal à l'aise, ne sachant plus trop quoi nous dire, comme des adolescents à leur premier rendez-vous, pleins de désir mais un peu embarrassés. J'ouvris les boîtes en carton dans lesquelles se trouvaient une dizaine de sandwiches. Je n'avais pas encore été payé pour mon nouveau boulot, mais j'avais été voir le petit épicier-traiteur à quelques pâtés de maisons de mon appartement qui avait la gentillesse de me faire parfois crédit.

— Comme je ne savais pas ce qui vous plairait, j'ai pris un peu de tout.

— Je ne mange jamais de sandwich.

— C'est dommage, ils sont très bons.

— C'est la manière de s'alimenter qui n'est pas bonne.

— On peut brouter, si vous voulez.

Elle éclata de rire et attrapa un sandwich.

— Je plaisante, j'adore ça !

Elle l'avala en deux bouchées.

— Étonnamment, vous avez fait de bons choix, dit-elle en se resservant.

— Pourquoi étonnamment ?

— Vous n'avez pas le « genre culinaire ».

— C'est quoi, le « genre culinaire » ? j'ai demandé alors qu'elle prenait un deuxième sandwich.

Elle me regarda :

— Ben, un type avec le truc blanc sur la tête, un cuisinier, quoi...

— Vous seriez surprise..., dis-je avant d'enfourner un autre sandwich.

*

Les boîtes étaient vides. Lucy s'adossa contre le magnolia et but une gorgée d'eau. Puis elle reprit sa conversation sur son métier d'agent immobilier. J'avais l'impression qu'elle me parlait d'une manière routinière, comme pour remplir le vide, de faire une conversation qui n'avait pas l'air de l'intéresser elle-même.

— Vous n'avez pas besoin de parler de ça avec moi, sauf si vous le souhaitez, la coupai-je doucement.

Elle parut un peu gênée par ma remarque.

— Et vous voudriez parler de quoi ?

— De vous...

— Je parlais de moi justement.

— Non, vous parliez de ce que vous faites dans la vie. J'aimerais savoir qui vous êtes, ce que vous aimez, quels sont vos rêves.

Je la sentis embarrassée à l'idée de se livrer davantage.

— Pourquoi ? Pour quoi faire ?

— Pour mieux vous connaître.

Elle éclata de rire.

— Mieux ? répéta-t-elle, mais on ne se connaît pas du tout.

— Je vous connais plus que vous ne le pensez, lui affirmai-je en souriant.

— Ah oui ? Alors dites-moi qui je suis.

Je la regardai un instant, puis lui racontai ce que je voyais en elle. Qu'elle venait probablement d'une famille riche, qu'elle était fille unique, qu'elle devait avoir un père ultraprotecteur, qu'elle avait dû passer une licence d'histoire de l'art ou de psychologie, se spécialiser dans une matière très peu adaptée au monde pratique d'aujourd'hui, mais qu'elle avait forcément été dans une des meilleures universités du pays et, qu'après ses examens, son père lui avait offert un travail dans son entreprise, mais qu'étant une fille indépendante, elle avait préféré se débrouiller toute seule.

Elle me regarda, médusée.

— Vous êtes dans les renseignements généraux, ou alors une sorte d'espion ? me demanda-t-elle avec une pointe d'inquiétude.

Je me contentai de sourire.

— Vous pensez que je suis une riche jeune fille, gâtée, pourrie par la vie ?

— Non, je pense que vous êtes merveilleuse, lui dis-je simplement.

Mon honnêteté la fit sourire et c'est à ce moment-là que j'ai su que j'étais en train de tomber amoureux. C'est à ce moment-là aussi que Darren revint de sa promenade.

— Eh bien, voilà... merci. J'ai passé un moment formidable et je voulais vous dire que si les choses ne fonctionnent pas entre Lucy et vous... je suis libre malgré votre âge...

J'aimais bien Darren, il était simple et direct. Sa conversation avec les canards avait dû être agréable. Il poursuivit son chemin, nous laissant Lucy et moi seuls l'un en face de l'autre.

— Moi aussi, j'ai passé un bon moment, me dit-elle. Merci.

Nous nous sommes regardés, elle s'est levée et a suivi Darren. Je la regardai s'éloigner, puis je me mis à courir derrière elle. Arrivé à sa hauteur, je l'arrêtai en lui touchant l'épaule. Darren nous observait avec un intérêt amusé.

— Lucy... ?

Elle se retourna.

— Je me demandais, si... euh... je pensais que peut-être on pourrait se revoir, aller au cinéma ou faire quelque chose un soir... si vous êtes libre.

Darren, sentant mon embarras, se permit d'intervenir :

— Bien sûr, appelez-la, me dit-il, vous avez son numéro.

J'observai Darren en souriant. Il me donnait le courage dont j'avais besoin.

— Et ce soir, vous faites quelque chose ?

Darren prit la main encore une fois :

— Bien sûr qu'elle fait quelque chose. Elle vient à la soirée que je donne chez moi... et vous aussi. 842 Ridgeview. Disons, 20 heures ?

Avant que je puisse répondre, il prit Lucy par le bras et l'entraîna, lui ôtant toute possibilité de s'opposer à l'invitation qu'il venait de me lancer.

*

J'étais gonflé à bloc cet après-midi-là. Je déambulais dans la rue un peu à la manière de Travolta au début de *La Fièvre du samedi soir*. Je me sentais le maître du monde. Prince marchait à côté de moi, la tête haute également, comme s'il comprenait la raison de mon bonheur. Nous nous sommes arrêtés devant un magasin d'instruments de musique. La vitrine était impressionnante. Plusieurs pianos magnifiques étaient alignés les uns à côté des autres, des blancs, des noirs, certains en bois naturel, des queues, des demi-queues, des pianos droits. Toutes les sortes de pianos possibles et imaginables.

J'ai regardé Prince qui savait qu'il ne pouvait pas entrer avec moi dans le magasin et qui, sagement, s'est assis sur son arrière-train.

En pénétrant dans ce temple de la musique, je me sentis tout à coup incongru.

Un vendeur, qui avait l'air déguisé en pianiste de concert tant il semblait mal à l'aise dans son costume, s'avança :

— Je peux vous aider ? demanda-t-il d'une manière détachée.

Je lui répondis que j'aimerais jeter un coup d'œil sur les pianos acoustiques.

— Queue, demi-queue, droit ?

— N'importe lequel de ceux-là ira très bien.

Le vendeur m'entraîna un peu plus loin dans le magasin. Le nombre de pianos était impressionnant. Je les examinais, les touchais, les caressais. Finalement je m'arrêtai devant un demi-queue Yamaha. Je le contemplai avec un plaisir non dissimulé et je demandai au vendeur s'il m'autorisait à l'essayer.

— Je ne vois pas où serait le problème, répondit-il en soupirant.

Je m'assis et me mis à jouer quelques notes. Le son était fantastique et la taille du piano idéale pour le mettre un jour dans mon petit appartement.

Je mis fin à mon mini-concerto et me retournai vers le vendeur qui était tout sauf impressionné et se curait les ongles en regardant ailleurs.

— Vous avez fini ou vous pensez faire un deuxième show dans quelques minutes ? me dit-il d'un ton sarcastique.

Je décidai de jouer les riches tout en sachant que je n'avais aucune chance de me payer un pareil instrument. Mais j'avais envie de le remettre à sa place.

— Combien ? articulai-je avec assurance.

— 10 000 dollars.

— 10... ?

Les mille restèrent bloqués dans ma gorge.

— Vous n'avez rien de plus... compact ?

Les mots sortaient difficilement. Le vendeur sentit très bien que j'étais un gagne-petit qui n'avait rien à faire ici et il s'en amusait.

— Nous avons plusieurs pianos droits.

— Et ils sont à combien ? risquai-je timidement.

— 6 500.

— Et vous avez bien sûr des plans de financement ? avançai-je avec aplomb.

— Bien sûr. Vingt pour cent à la signature et 350 dollars par mois pendant cinq ans, avec toutes les garanties qui vont avec, répliqua-t-il en souriant.

— Et plus petit ? Vous avez ?

— Oui, monsieur, nous avons plus petit, mais il vous faudra des allumettes pour frapper les touches.

Je rigolai bêtement :

— Des allumettes ? Elle est bonne, celle-là.

Le vendeur grimaça un sourire, il en avait visiblement marre de perdre son temps avec un pauvre type comme moi.

— D'accord, je passerai la semaine prochaine.

C'est la phrase type que tout acheteur va vous sortir quand il n'a pas l'intention de revenir, ou surtout quand il n'a pas les moyens d'acheter.

Il me toisa et prit le malin plaisir de me conseiller de ne pas oublier l'argent lors de ma prochaine visite.

— Ça peut aider, ajouta-t-il.

Je lui souris avec embarras et sortis du magasin. Cet abruti avait réussi à me foutre le moral par terre.

Il m'avait envoyé à la gueule la misère de mon existence, de ma condition, mon incapacité à profiter des innombrables jouets que la vitrine de la vie vous offre au quotidien – et que, en fin de compte, peu de gens peuvent s'offrir, sauf en se saignant à blanc. Mais là, les cinq litres de sang de mon corps n'y auraient pas suffi.

Prince me ramena à une réalité plus joyeuse. Heureusement que je l'avais, celui-là, il était toujours là pour me remonter le moral. Un chien, c'est plus qu'un ami, c'est un confident qui ne vous empoisonne pas la vie par des questions sans intérêt et surtout qui ne vous dit jamais : « Sache que si tu es dans la merde, tu peux compter sur moi. » Ces amis-là sont les premiers à disparaître au moindre emmerdement. Un chien, quoi qu'il arrive, il vous aime.

*

Jamie était assis face à la console du Studio Vision Classique que son équipe avait transformé en salle d'audition. À travers la vitre de séparation, assise devant un piano, une jeune femme jouait un morceau d'une manière très appliquée, trop studieuse.

La musique qui envahissait la pièce où se tenait Jamie était sans relief, sans passion, techniquement bonne mais sans tripes. Jamie appuya en soupirant sur un bouton et remercia la demoiselle le plus aimablement possible. La jeune femme s'arrêta, un peu dépitée, se leva et sortit.

Il se tourna vers Karen, son assistante, une petite brune sans âge, qui lui sourit d'un air résigné.

— Ça fait combien aujourd'hui ? interrogea Jamie de sa voix fatiguée.

— Une trentaine… et demain ils seront à peu près aussi nombreux, lui dit-elle.

Sans lui répondre, il attrapa le téléphone posé sur la console et composa un numéro. À sa voix sombre et agacée, son interlocuteur comprit que Jamie n'était pas de très bonne humeur. Il s'efforça tout de même de se donner une contenance joviale en lui balançant un : « Hé, Jamie, alors comment ça se passe ? » Jamie lui aurait bien enfoncé le téléphone dans le crâne s'il avait eu l'agent musical en face de lui.

— Pas bien, Jeff, pas bien du tout, t'aurais pas des clients avec des couilles, avec du cœur, avec de la passion, des clients avec des souffrances qu'ils vont transmettre à travers leur musique ?

— Mais bien sûr qu'on en a, rétorqua Jeff avec assurance.

Jamie lui demanda alors ce qu'il attendait pour les envoyer à ces putains d'auditions.

— Que veux-tu dire ? maintenant, là, tout de suite ?

— Non, l'année prochaine, espèce d'abruti, et il raccrocha.

*

La rangée de maisons plus belles et plus chères les unes que les autres était impressionnante.

Je déambulais avec mon vélo, à la recherche du 842 Ridgeview Drive. Je n'eus pas à chercher longtemps, il y avait une armada de voituriers pour s'occuper des voitures qui arrivaient, des Porsche, des Ferrari, des 4 × 4 sophistiqués. C'était un spectacle intimidant. D'autant plus que j'arrivais sur une monture plutôt rustique. Je souris en pensant que, même si je l'avais lustrée, ça n'aurait pas fait une grande différence. Mais je l'aimais bien, ce vélo, d'abord parce qu'il me trimbalait sans me coûter grand-chose, qu'il m'évitait des embouteillages quotidiens et qu'il me permettait d'entretenir ma forme physique – ce qui, à mon âge, est une chose à laquelle il faut penser. Je dépassai la maison de Darren sans m'arrêter pour aller le poser à une petite centaine de mètres de là, devant le premier poteau qui me permit de cadenasser mon bolide de fortune.

J'arrivai chez Darren, simplement heureux à l'idée de revoir Lucy. Je saluai les voituriers qui me regardèrent plutôt surpris, non seulement parce que personne ne marche ici – on prend sa voiture pour faire cinquante mètres –, mais surtout parce qu'il suffit que vous veniez à pied pour qu'on pense que vous vous êtes garé quelques centaines de mètres plus loin pour ne pas donner de pourboire.

La maison était plutôt discrète, en tout cas en ce qui concernait la façade. Personne ne pouvait se douter de ce qui se cachait derrière la porte d'entrée, un peu comme un riad marocain. La soirée battait son plein et je me suis senti un peu déplacé dans ce cadre où je ne connaissais aucun des personnages qui composaient ce tableau du XXIe siècle. Brokers, avocats, chirurgiens esthétiques probablement, banquiers, agents artistiques, ce Darren devait connaître un paquet de monde, ou venait d'une famille qui avait des relations.

Il me tomba dessus comme s'il m'attendait.

— Te voilà enfin. Je pensais que tu ne viendrais plus.

Quelques personnes nous jaugèrent, se demandant ce que Darren faisait avec un type comme moi. Derrière leur sourire entendu, il était clair qu'ils pensaient que j'étais probablement son coup de la soirée.

— Lucy est dans le jardin, viens.

Il m'arrêta d'un geste.

— Tu es sérieux, je veux dire, par rapport à Lucy ?

Je le regardai, un peu étonné par la question.

— Je sais qu'elle t'aime beaucoup... alors fais gaffe ! Si tu sors avec Lucy, t'as pas intérêt à déconner, parce que je ne laisserai personne lui faire du mal. Tu comprends ?

Je ne savais pas quelle attitude adopter devant la soudaine dureté de Darren. En voyant la surprise qui devait se lire sur mon visage, il éclata de rire.

— Je plaisante... Plutôt macho, hein, ajouta-t-il en me faisant un clin d'œil.

Il m'attrapa par le bras et m'entraîna au fond du jardin, près de la piscine. Lucy était là, entourée de quelques personnes avec qui elle conversait. Elle était magnifique. J'avais l'impression d'avancer au ralenti, tant je voulais profiter de cette vision magique.

En voyant le groupe d'amis qui entouraient Lucy, je redescendis sur terre. Je ne faisais pas partie de ce monde et n'avais donc d'autre choix que d'être moi-même.

— Lucy, ton prince charmant est arrivé, annonça Darren avec un humour que j'aurais préféré qu'il évite.

Elle se retourna et sourit :

— Bonsoir, dit-elle simplement.

— Bonsoir, soufflai-je, timide.

— Voici Mike, un ami.

Tout le groupe se tourna presque simultanément vers moi, j'avais l'impression qu'une trentaine de paires d'yeux se mettaient à me scruter, à me juger, à m'analyser, me décortiquer, me mettre à nu. J'étais très mal à l'aise. Le costaud de la bande, bronzé, musclé et riche, qui pensait qu'au moindre de ses sourires d'une blancheur éclatante il pouvait faire tomber toutes les filles alentour, s'avança vers moi.

— Salut, je m'appelle Wayne Duncan, de Duncan Corporation et Fils.

Il me tendit une main de la taille d'un ballon de basket et, au moment où j'allais la lui serrer, il la retira en éclatant de rire. Très drôle, ce Wayne.

— Tu t'es fait avoir...

Eh oui, je m'étais fait avoir. Je ne savais pas par quoi, mais comme ça avait l'air de lui faire plaisir, je lui ai dit qu'il m'avait bien eu.

Son regard me fit vite comprendre le mépris qu'il avait déjà pour moi et mon petit costume pas très à la mode. En plus, je n'étais pas le fils de Mike Wilson et Fils. Vu que je ne savais même pas qui était mon père, ça simplifiait les choses.

— Alors Mike, que fais-tu dans la vie, à ton âge tu dois avoir beaucoup vécu !

Il avait raison, j'avais beaucoup vécu, mais pas des choses dont j'avais envie de parler. De toute façon, il était juste là pour amuser la galerie, pas pour s'intéresser à un quelconque être humain. À part lui, peut-être...

— Je suis pianiste, je fais de la musique, déclarai-je sans le quitter des yeux.

Je sentis le regard étonné de Lucy.

— Et tu en vis correctement ?

Je lui répondis la vérité, que je n'en vivais pas du tout et que, pour arrondir des fins de mois difficiles, je faisais du nettoyage dans un studio de musique.

— Je suis comme une femme de ménage, mais en homme, et je travaille la nuit ou plutôt le matin à l'aube, après les enregistrements.

— On a tous besoin de démarrer sa journée dans un endroit propre, dit-il en riant.

Décidément, ce Wayne était plein d'humour !

Tout le monde éclata de rire.

Lucy me prit par le bras non sans avoir foudroyé Wayne d'un regard désapprobateur.

— Je suis désolée, me dit-elle.

— Pas de problème, le monde fonctionne comme ça. Y aura toujours des gens comme Wayne pour se moquer de gens comme moi.

Nous nous sommes dirigés vers le bar. Le téléphone de Lucy sonna, elle s'excusa et je me retrouvai seul devant un décor que je connaissais bien. Je fis signe au barman et commandai un double whisky. Il laissa la bouteille sur le bar, peut-être parce qu'il savait que j'étais le genre de personne à lui redemander un verre dans les cinq secondes ou peut-être simplement parce qu'il était trop occupé. Quoi qu'il en soit, il avait bien fait. Après avoir descendu mon verre cul sec je me resservis et en profitai pour remplir ma flasque qui, bien sûr, était vide. Le barman me regarda et me demanda ce que je fabriquais. Je lui répondis simplement que ça lui éviterait de me servir toute la soirée et qu'en fin de compte je lui évitais du travail.

Il haussa les épaules et reprit son travail, vu la foule agglutinée devant lui. Darren surgit dans mon dos.

— Alors, comment ça va avec Lucy ?

— T'es sûr qu'elle m'aime bien ?

— Certain, et j'en suis heureux !

— Je n'ai pas la même impression.

— C'est parce qu'elle-même ne le sait pas encore.

Il me regarda avec un sourire mystérieux et fut alpagué par de nouveaux arrivants. Je décidai alors de m'installer dehors.

Je pensais à Lucy à ce moment-là, j'avais envie de partir avec elle, de lui parler, d'aller au fond de ses yeux ou plutôt derrière son regard pour entrer à l'intérieur de ce qu'il y avait de plus profond chez elle, dans son âme, dans son cœur, de m'y blottir et d'y rester pour l'éternité. Elle me tira de ma rêverie.

— Je croyais vous avoir perdu. Je suis désolée, c'était mon père au téléphone.

Elle s'est assise.

— Couvre-feu ? lui demandai-je.

— On peut le dire comme ça. Il est très seul depuis que ma mère est morte. Ça le rassure de savoir où je me trouve et surtout de savoir que je suis là... avec lui... d'une manière ou d'une autre, même au téléphone.

Elle changea de sujet.

— Et vous ?

— Moi, quoi ?

— Vous êtes qui ?

— Je suis moi, comme je suis, sans parents, sans famille.. Ma mère est morte il y a vingt-cinq ans, je n'ai jamais connu mon père. C'est la vie. Les gens sont là puis disparaissent, ça ne change pas grand-chose. Ma mère m'a donné un talent, le piano, elle en est morte d'ailleurs. Et moi aussi, d'une certaine manière.

Je voyais que Lucy ne comprenait rien de ce que je venais de lui dire. Mais avant qu'elle puisse m'interroger davantage, la musique qui s'élevait dans un des salons de la maison coupa court à ce moment nostalgique. La nostalgie, il ne faut pas s'y attarder. Autant l'oublier et avancer.

Wayne était au piano, entouré d'une bande de groupies qui se pâmaient devant son physique avantageux et son talent de pianiste sirupeux qui en avait fait sûrement tomber plus d'une.

Il jouait plutôt bien, mais avec le style de ceux qui savent comment et avec quels morceaux on va pouvoir piéger la première dinde venue, un peu comme Bob et sa guitare, sur une plage au coin du feu dans les années 60 au Club Med qui jouait « Michaël est de retour » à des jeunes filles fascinées par ce GO dont la carrière se limitait tristement au périmètre du village dans lequel il travaillait.

Wayne termina son morceau sous des applaudissements un peu trop appuyés pour être tout à fait sincères. Seuls les critiques, ces artistes frustrés pour la plupart, apprécient la performance bien jouée certes mais sans âme, car ils n'en ont pas peur, ils se disent qu'eux aussi ils auraient pu faire la même chose.

J'applaudis Wayne de bon cœur. Lucy me regarda sans comprendre.

— Comment pouvez-vous l'applaudir, c'est un mauvais pianiste de salon, suffisant et sans intérêt.

— Alors, que fait-il ici ?

— Il fait malheureusement partie de ces gens qu'il faut inviter.

Je ne savais pas que, dans la vie, il fallait inviter des gens, ou alors je l'avais oublié. Mais Lucy avait raison, sa phrase me rappela ce que ma mère, plusieurs années auparavant, m'avait dit : ces soirées, la question était seulement de les accepter et d'y faire bonne figure.

— Je l'ai applaudi, lui dis-je, car je sais ce que c'est de ne pas être applaudi.

Elle me regarda, touchée par cette remarque, sans probablement la comprendre. Wayne avait le triomphe facile de celui qui a une confiance illimitée en lui du fait de sa condition sociale. Il était imbuvable, arrogant et prétentieux. C'était le genre de personnage à vous faire remarquer, si on lui disait qu'il avait de la chance, que ce n'était pas de la chance pour un type comme lui.

Et c'est à ce moment-là que le pire arriva. Il leva les mains pour faire taire les personnes qui l'entouraient et me regarda.

— Mesdemoiselles et messieurs, nous avons un autre artiste dans cette pièce ce soir. (Il me désigna du doigt.) Mike, un ami de Lucy, qui bien qu'il ne vive pas de son art, précisa-t-il, moqueur, se fera, j'en suis certain, un plaisir de nous en faire une petite démonstration.

J'eus tout à coup la sensation d'être minuscule, perdu comme un enfant qui ne s'est jamais senti intégré à un groupe, un enfant que l'on met sur la sellette, sans l'avoir préparé, un enfant qui se souvient de son passé douloureux, en sachant que, quoi qu'il arrive, il sera toujours inadapté à cette vie qu'il ne comprend pas et qu'il se refuse à accepter tant par peur que par la confusion permanente qu'elle lui procure au quotidien.

J'étais bien dans mon cocon de sécurité, je ne voulais pas prendre ce risque, tant désiré, pourtant, mais que l'angoisse permanente de retomber à nouveau me poussait à reculer depuis vingt-cinq ans. Cette fois, je ne voyais pas comment m'y dérober, à moins de fuir ou plutôt de m'enfuir.

Lucy me prit par le bras.

— Je ne peux pas, murmurai-je, envahi par une bouffée d'angoisse.

Wayne, avec son sourire carnassier, m'indiqua le siège vide qui se trouvait face au piano.

— Allons, Mike, une petite démonstration de ce talent méconnu mais qui n'attend qu'à être découvert.

Cela fit rire les gens, même si je commençais à sentir une certaine gêne de la part des convives.

— Peut-être nous as-tu menti sur ce talent caché, pour impressionner notre jolie Lucy ?

Je regardai Lucy. Son visage me prouvait qu'elle savait que je n'avais pas raconté d'histoires. Elle dut sentir mon émotion grandissante et me dit simplement qu'elle serait heureuse de m'entendre jouer.

Je m'assis au piano, mes mains se mirent à trembler. Je n'avais qu'à jouer pour elle, uniquement pour elle, comme si nous étions seuls au monde, ne plus penser à rien, sauf au sentiment de plénitude et de bonheur que sa présence me procurait. Je fermai les yeux et imprimai son image dans mon cœur.

Je jouai quelques notes très simples, ce qui provoqua chez Wayne un applaudissement et des bravos tonitruants.

— Quel artiste ! railla-t-il.

J'ignorai sa remarque, puis mon regard se porta sur Lucy. Je me fondis littéralement dans ses yeux et me mis à jouer.

Le morceau était simple et doux, je commençais à m'enfermer dans cette bulle qui permet à l'artiste de s'isoler et de ne communiquer qu'avec le moment qu'il est en train de vivre. Mais, cette fois, nous étions deux dans la bulle. C'est un sentiment extraordinaire de savoir que quelqu'un vous accompagne dans ces instants que généralement nous sommes seuls à vivre, de pouvoir partager ces émotions et surtout de savoir qu'elles sont comprises.

L'expression de Lucy me prouva à quel point, à cet instant, nous étions connectés. Nous ne faisions qu'un.

La dernière note s'éleva et je fus surpris du silence total qui régnait dans la pièce. Les gens me regardaient, sans dire un mot, comme hypnotisés. Lucy me fixait, bouche bée. Darren était sans voix, je souris et baissai la tête. Une gêne profonde m'envahit, puis, l'un après l'autre, les gens se mirent à applaudir, presque au ralenti, tant ils étaient encore sous le choc de l'émotion qu'ils avaient vécue. Même Wayne, à contrecœur, se mit à battre des mains.

Je me levai et regardai Lucy. D'un signe de tête, je lui indiquai la porte. Sous les applaudissements, je m'éclipsai discrètement, et bus une solide rasade de whisky. C'était la première fois depuis vingt-cinq ans que j'avais joué devant des gens. Je n'en revenais pas mais je savais que jamais je n'en aurais été capable sans la présence de Lucy.

*

On s'est retrouvés dehors devant la maison. Lucy me regardait d'une manière différente, étonnée, songeuse. Un mélange de joie et d'incompréhension se lisait dans ses yeux. Petit à petit, elle revint à la réalité.

— C'était incroyable ! lança-t-elle.

Je lui expliquai que je ne comprenais pas moi-même, que je n'avais pas joué comme ça depuis des années.

— Quel gâchis, fit-elle, surexcitée, tu as... vous avez un talent incroyable, indescriptible, unique, je n'ai jamais vu ou ressenti un truc pareil, d'une telle force.

Nous nous sommes mis à marcher. Je ne savais pas quoi dire devant cet enthousiasme délirant.

Je l'ai regardée en souriant et j'ai simplement mis mon bras autour de son épaule. Nous avons continué à avancer, puis elle m'a doucement demandé ce que je faisais.

— Je mets mon bras autour de ton épaule.

— Vous êtes très sûr de vous, Mike, ça m'étonne.

Je me surpris à rire :

— Non, car la pire chose qui pouvait arriver c'est que vous me repoussiez, ce que tu... vous n'avez toujours pas fait.

À l'évidence d'accord pour que je prenne cette petite initiative, elle m'expliqua que personne ne l'avait tenue ainsi depuis bien longtemps.

— Alors profitez-en, lui dis-je, un peu plus sûr de moi.

Elle eut un sourire de petite fille et répondit :

— J'en profite, si vous saviez comme j'en profite.

Et nous continuâmes à marcher dans la nuit, comme deux ados qui viennent d'échanger timidement leur premier geste d'intimité.

*

Nous nous étions quittés vers 23 h 30 ce soir-là, ce qui peut paraître tôt. Mais dans toute relation il faut une délicatesse, une intimité, une pudeur. Et ce n'est pas sur cette route fréquentée où les voitures arrivaient, partaient, où les voituriers couraient dans tous les sens que nous pouvions trouver cette intimité. Ce n'était pas non plus à cette soirée où Lucy était constamment sollicitée.

J'aurais pu lui proposer de nous enfuir de cet endroit où je n'avais aucune envie de retourner mais je ne m'en sentais pas le droit, c'était la soirée de son meilleur ami et je ne voulais pas la mettre égoïstement dans une position de choix.

J'invoquai donc mon travail et le fait que je devais me changer et surtout nourrir mon bon Prince qui, vu son gabarit, avait besoin d'ingurgiter plusieurs repas par jour. Je lui promis de le lui présenter très vite et, après un baiser sur sa joue, je repartis en direction de l'endroit où j'avais garé mon engin.

*

Une fois chez moi, je nourris Prince et je m'installai comme à mon habitude sur ma terrasse face aux lumières de la ville.

Sur le chemin du retour, je m'étais arrêté au Liquorstore du coin où j'avais acheté une bonne bouteille de scotch pour célébrer cette rencontre si imprévue, si heureuse et si soudaine.

Fêter un événement ou combattre une angoisse sont toujours des excuses qu'un alcoolique va trouver pour boire un coup. La vérité, c'est que je n'avais pas forcément envie de boire, j'en avais besoin, j'étais en manque, il me fallait nourrir mon addiction. L'alcoolisme est quelque chose qui vous prend par surprise, que l'on ne sent pas venir, on se croit toujours invincible, « ça n'est pas à moi que ça va arriver », mais avez-vous déjà essayé de ne pas boire un verre de vin lors d'un déjeuner ou d'un dîner sans faire d'effort ?

Il y a bien sûr des degrés dans l'alcoolisme. Le plus important, c'est de pouvoir ne pas boire, sans y penser, sans que cela ait une quelconque importance.

Et puis, il y a les autres, ceux qui sont malades, qui ne peuvent plus s'en passer et qui s'enfoncent progressivement dans une spirale de mensonges, non seulement envers eux-mêmes mais aussi envers les autres. Ceux qui cachent les bouteilles à différents endroits de la maison pour aller boire un coup en douce en faisant croire qu'ils ont arrêté.

C'est un abîme sans fond, car le fond n'est touché que lorsqu'on est mort, mort de honte, mort de mensonge, mort de la tristesse qui vous envahit lorsqu'on a perdu tout contrôle. Mort d'avoir provoqué la mort des autres, mort tout court.

S'en sortir, ce n'est pas seulement une question de volonté, c'est d'abord accepter sa condition d'alcoolique, comprendre la déchéance où elle vous entraîne, les conneries qu'elle vous fait faire, et surtout la destruction physique et mentale qu'elle provoque en vous, sans compter les dégâts souvent irréparables sur votre entourage.

J'en étais là, je savais que je ne pouvais pas m'en passer. Je buvais le matin, l'après-midi, le soir, je n'étais jamais soûl mais toujours dans un univers qui me faisait croire que j'étais plus fort, plus heureux, plus serein, plus en sécurité, protégé par ce bouclier artificiel qui renforçait ma vie sans intérêt.

Je savais aussi que je m'étais enfermé dans cette vie artificielle pour fuir la culpabilité que je ressentais vis-à-vis de ma mère et de son accident. Le problème c'est que la culpabilité s'était estompée au fil des années et que l'alcool l'avait entièrement remplacée.

Et puis, je n'étais pas un alcoolique agressif, mais plutôt passif, serein. Je me sentais bien dans l'alcool, sans aucune violence ni revendication.

Le plus terrible, c'est que j'avais l'impression que ma chance commençait à tourner. J'avais rencontré Lucy, allais-je aussi détruire ce miracle pour une bouteille ? Les gens qui n'ont pas vécu ce genre d'addiction ne pourront sans doute pas comprendre. Malheureusement me priver d'alcool était hors de ma portée et pourtant Dieu sait si j'avais envie de m'en libérer. Ce qui m'a toujours étonné, c'est que les deux drogues les plus addictives – l'alcool et les cigarettes – sont en vente libre.

Sur ces pensées, je repris une bonne rasade de la bouteille que je tenais à la main et ce qui devait arriver arriva.

Les aboiements de Prince me sortirent de mon sommeil, je regardai ma montre, il était 3 h 30 du matin, je devais être à mon boulot dans une demi-heure. Avec un peu de chance, je n'aurais qu'un quart d'heure de retard et même, avec encore un peu plus de chance, je ne me ferais peut-être pas lourder. Prince avait dû sentir qu'il y avait un problème, c'était vraiment mon ange gardien, celui-là. Ça ne m'empêcha pas de remplir ma flasque avec le whisky qui restait dans cette bouteille que je détestais tant mais que j'aimais malgré moi. Une fois la flasque remplie, je bus ce qui restait dans la bouteille au goulot et partis.

*

Lorsque je passai la porte du studio d'enregistrement j'avais une bonne demi-heure de retard, j'étais essoufflé et en nage. Le gardien de nuit, Hank, était à son poste habituel, son café à la main.

— Je suis désolé, haletai-je, j'ai un peu perdu la notion du temps, ça n'arrivera plus.

Il me regarda et, d'un air très détaché, me dit de ne pas m'inquiéter. Je n'étais pas en permission de sortie d'une prison militaire, avec l'obligation de me présenter à l'heure exacte, au risque d'encourir de terribles sanctions. Je le remerciai de sa compréhension et filai vers mon placard de nettoyage.

Je commençai mon travail par le studio A, fouillai dans le cendrier et repérai un mégot de belle taille que j'allumai pour me calmer. Je pris aussi une petite rasade de ma sempiternelle flasque et me mis sérieusement au boulot.

*

Jamie n'arrivait pas à dormir, il tournait en rond, fumant cigarette sur cigarette, et écoutait les enregistrements des auditions de la journée précédente. Son assistante Karen, fidèle au poste, était assise sur le canapé.

Jamie lui demanda de couper la musique et il s'avança vers la baie vitrée devant laquelle s'étendait toute la magnificence nocturne de Los Angeles. Les villes américaines sont souvent magiques, la nuit. Elles ont un côté extraterrestre, surtout vues du ciel, tant la diversité des couleurs, des néons fluorescents, mêlés à l'orange des lumières, des avenues, leur donne un côté féerique. La maison de Jamie surplombait cette ville tentaculaire toujours en recherche de son âme.

— Où est passé le vrai talent aujourd'hui ? s'interrogea-t-il à voix haute. Avec toute cette technologie, cette surinformation, ces médias omniprésents qu'on met à la disposition de tous, nous avons perdu le mystère, nous avons perdu le contrôle de la surprise, de la découverte, nous avons perdu une dimension humaine qui faisait que les choses, parce qu'elles étaient plus difficiles d'accès, suscitaient un véritable intérêt. Tout le monde pense qu'il est facile de réussir, de construire quelque chose, d'exister. La facilité n'a jamais rendu les gens plus intelligents, ni plus efficaces. Au contraire, plus ils sont assistés, moins ils vont réagir et plus ils sont contrôlables.

Karen écoutait Jamie se débattre dans ses propos.

— Karen, passez-moi les bandes qu'on a enregistrées la nuit dernière, demanda-t-il brusquement.

Karen crut que sa vie s'arrêtait là. Jamie était un homme sans concession, un travailleur acharné, un ouvrier de la première heure, qui ne laissait rien passer, surtout pas les erreurs que lui-même ne faisait malheureusement jamais. Il était dédié corps et âme à ce métier qu'il aimait tant.

Elle le regarda et lui avoua qu'elle les avait oubliées au studio, qu'elle partait les chercher et qu'elle serait bientôt de retour...

Jamie la coupa avec gentillesse :

— Karen, rentrez chez vous, vous êtes fatiguée, je vais y aller moi-même. J'ai vraiment besoin de prendre l'air.

— Je suis désolée, Jamie...

— Allez vous coucher, dit-il affectueusement. Demain, 15 heures au studio.

Il déposa un baiser paternel sur le front de Karen et, avant qu'elle ne franchisse la porte, il lui dit simplement merci. Karen sourit et s'éclipsa.

Jamie attrapa les clés de sa voiture et sortit à son tour.

*

Ma nuit touchait à sa fin. J'étais dans l'immense studio A, là où se trouvait l'énorme piano à queue, bête magique et agressive, animal plein de punch qui pouvait inspirer autant de peur qu'un taureau entrant dans l'arène, mais qui, malgré sa puissance et sa majesté, pouvait être dompté et contrôlé si on savait le respecter et l'aimer.

Je m'assis sur le banc devant le piano et me mis à rêver à la joie et à la peine que cet instrument m'avait procurées, à tout ce que cet objet – car ce n'était qu'un objet –, dès lors qu'il fait complètement partie de vous-même, pouvait vous donner comme moments de bonheur d'une dimension surhumaine.

J'entendais la musique, les applaudissements, la foule en délire, je fermai les yeux et souris simplement en voyant les images qui défilaient sur l'écran de mes pensées.

*

Jamie gara sa voiture devant l'entrée de service et pénétra dans les locaux de Studio Vision Classique. Il se dirigea vers le studio A, là où il faisait ses auditions, et pénétra dans la cabine d'enregistrement pour récupérer ses bandes.

Ce qu'il vit à travers la vitre de séparation lui arracha un sourire. Découvrir le nettoyeur de nuit assis devant l'un des plus beaux pianos du monde lui permettait d'oublier un moment l'anxiété de ces derniers jours.

La cabine d'enregistrement, insonorisée, était plongée dans la pénombre, ce qui permit à Jamie de jouir pleinement du spectacle qui s'offrait à lui. L'image de l'agent d'entretien qui, les yeux fermés, rêvait de devenir pianiste était à la fois touchante et grotesque, humble et prétentieuse, mais empreinte d'évasion et d'imagination, de ce pouvoir qui fait que, quoi qu'il arrive, la vie appartient à tout le monde, en tout cas à ceux qui ont la faculté d'imaginer ce qu'ils auraient pu être s'ils avaient eu des chances supplémentaires ou un parcours différent. Cela, Jamie le respectait plus que personne. Mais ce qui suivit dépassa toutes ses prédictions. Le nettoyeur, l'homme de ménage, la personne qui était l'antithèse même de ce monde sophistiqué, posa ses mains sur le clavier et se mit à jouer.

Jamie n'en croyait pas ses yeux, cet homme qui n'avait rien à voir avec le monde de la musique classique jouait avec une incroyable facilité, avec un plaisir évident, avec une fluidité merveilleuse, avec un cœur et une détermination proches de l'épuisement mental et physique.

Il jouait avec son instinct, comme s'il était en osmose avec son piano, comme si celui-ci devenait une prolongation de lui-même. Il était sa musique, intégré à son instrument. Jamie, dans sa longue carrière, n'avait jamais ressenti une fusion aussi puissante.

Le fait de ne pas entendre la musique renforçait encore ce sentiment. Jamie sentit monter en lui des émotions inconnues jusqu'alors. Il regarda le petit bouton qui, sur une seule pression de son doigt, allait lui permettre d'écouter ce que cet homme jouait et surtout d'éprouver la puissance que cette personne dégageait en frappant sur les touches du clavier. Il avança lentement le doigt et pressa la commande du son. La musique qui envahit la pièce força Jamie à s'asseoir, tant il fut submergé par ce qu'il entendait.

Il avait sous les yeux ce qu'il cherchait, un musicien naturel, un musicien qui exorcisait ses souffrances, ses joies, à travers son talent, un extraterrestre sorti de nulle part, un personnage qui ne savait probablement pas, comme souvent les génies, qu'il possédait un don exceptionnel. Un homme qu'il fallait ménager, car ce genre de talent ne pouvait pas être exposé d'une manière violente et subite. Il fallait le préparer. Faire comprendre à celui qui le possédait qu'il n'en serait pas privé en le partageant, qu'il ne deviendrait pas un personnage de foire.

En fin de compte, les gens qui ont un don inné ont surtout besoin qu'on les aime.

Jamie fut tenté de lui parler à travers le micro de communication mais se ravisa aussitôt. Ne pas lui faire peur, surtout ne pas lui faire peur.

Mike s'arrêta de jouer, se leva et, le plus naturellement du monde, poussa son chariot de nettoyage, éteignit la lumière et sortit.

Jamie laissa filer plusieurs minutes interminables afin de ne pas sortir de la cabine d'enregistrement, pour se retrouver nez à nez avec l'homme de ménage. Il se cacha même dans la pénombre au cas où celui-ci reviendrait pour vérifier que son travail était terminé.

Quand il ouvrit la porte, le couloir était vide. Il s'avança doucement et de loin il entendit Hank dire à Mike : « À lundi, bonne nuit ou plutôt bonne journée. »

En voyant Jamie débarquer, Hank crut avoir une crise cardiaque :

— Monsieur Bridges, je ne savais pas que vous étiez encore là, ne faites pas des trucs comme ça, j'ai plus l'âge.

— Désolé, Hank, euh... dites-moi, le nettoyeur...

— Quoi ? Qu'est-ce qu'il a fait ? Déjà qu'il était en retard, dit Hank pour se couvrir au cas où...

Jamie le rassura en lui disant qu'il n'y avait aucun problème, qu'il voulait juste savoir qui il était et s'il avait son adresse.

— Mike Wilson, lui répondit Hank, et voici sa fiche avec son adresse.

Jamie le remercia, lui souhaita une bonne fin de nuit et s'éclipsa.

*

J'étais tranquillement allongé sur mon sofa, Prince affalé sur mes jambes. Je ne sais pas si vous avez déjà eu un chien de trente kilos sur le corps, mais c'est une sensation agréable et rassurante, car on a la certitude qu'il est là.

Soudain Prince releva la tête et se mit à japper. J'entendis des pas monter l'escalier, ce qui n'avait rien d'alarmant puisque j'habitais dans un petit immeuble sans ascenseur et que je n'étais pas le seul locataire. Je calmai Prince d'une tape rassurante sur le flanc, ce qui ne l'empêcha pas de se lever et d'aller renifler sous la porte. L'instinct animal ne trompe jamais, quelques secondes plus tard, quelqu'un frappa.

Je me levai et me dirigeai vers l'entrée. Je mis la chaîne de sécurité et entrebâillai la porte. Un homme que je ne connaissais pas se tenait devant moi. Prince se mit à aboyer, je le calmai en lui caressant la tête.

— Monsieur Wilson ?

— Et vous êtes ?

Il se présenta comme un certain Jamie Bridges, producteur de musique classique, qui avait eu mon adresse par le Studio Vision Classique où je travaillais.

— Si quelque chose a disparu, je n'y suis pour rien, lui dis-je sèchement.

— Ça n'a rien à voir avec ça, je suis ici pour vous parler de votre musique.

Je me demandai en quoi ma musique pouvait concerner ce type et je pensai tout de suite à une feinte policière pour essayer de me piéger. Ils ne sont pas très malins, ces flics, pour obtenir quelques renseignements sans importance, vu que je n'avais rien à me reprocher. J'étais tout sauf un voleur.

— J'aimerais vous parler de votre musique, répéta-t-il. Pourquoi ne pas venir à mon bureau demain, à l'heure qui vous convient, pour en discuter.

Ce type me prenait vraiment pour un crétin et je lui dis que ses méthodes policières n'étaient pas très habiles, que je payais mes tickets de parking – vu que je n'avais pas de voiture, c'était pas difficile – et que, s'il pensait que j'allais venir le voir pour me retrouver quarante-huit heures au trou pour quelques raisons obscures qui n'avaient rien à voir avec moi, il se foutait le doigt dans l'œil. Là-dessus, je lui claquai la porte au nez.

Le « monsieur je ne sais plus quoi » ne se démonta pas, m'annonça qu'il allait glisser sa carte de visite sous la porte et que je pouvais l'appeler demain quand je voulais. Effectivement une carte de visite apparut sur le plancher et j'attendis que ses pas se soient éloignés pour la ramasser. La carte avait l'air vraie, j'avais peut-être un peu maltraité un producteur véritable. Je rouvris la porte. Bien sûr, il n'était plus là. Qu'est-ce que j'avais à perdre, me dis-je, et je m'engageai dans l'escalier.

Jamie allait monter dans sa voiture quand il me vit débarquer.

— Hé, monsieur… je regardai la carte… vous êtes vraiment monsieur Bridges ?

Ma remarque le fit sourire.

— Oui, monsieur Wilson, vraiment.

En plus, le mec avait une Mercedes, et aucun flic, même le plus corrompu, n'aurait osé se balader en Mercedes. C'est un peu voyant et, vu le salaire moyen d'un policier, ç'aurait été un indicateur immédiat de son degré de corruption. Un 4 × 4 oui, mais pas une Mercedes.

Il me confia qu'il m'avait entendu jouer ce matin. Je le regardai, surpris.

— Au Studio Vision Classique, ajouta-t-il.

Là je compris, je lui souris et lui dis que c'était juste pour passer le temps et profiter de ce magnifique instrument mais rien d'autre.

Il me regarda fixement et me dit que j'avais en moi quelque chose de spécial, quelque chose de si rare que lui-même dans sa longue carrière ne l'avait jamais rencontré. Que j'étais un peu rouillé – ce qui n'était pas étonnant vu que j'avais tranquillement pianoté dans des bars d'hôtels, ou pratiqué irrégulièrement sur mon piano en bois depuis vingt ans. Il m'annonça que, si j'étais prêt à travailler dur, à deux on pouvait y arriver.

— Arriver à quoi ?

— À faire quelque chose de votre talent.

Jamie ne voulait pas tout lui expliquer tout de suite ni lui révéler le choc qu'il avait éprouvé en l'écoutant jouer. Ça n'aurait servi à rien et Jamie avait quelque chose à tirer au clair à propos de ce Mike Wilson. Il était impossible qu'une personne avec un talent pareil n'ait jamais été remarquée, même si c'était sans importance : dans la vie, il y a des situations qui ne sont pas explicables. Il y repenserait plus tard, pour l'instant il attendait une réponse de Mike.

— Et si j'y arrive pas ? objectai-je, un peu nerveux.

— Qu'est-ce que vous avez à perdre, Mike ?

Son regard avait quelque chose de bon, de généreux, mais sans concession. Je savais qu'il avait raison, que je n'avais rien à perdre, en tout cas de prime abord car il ne connaissait pas ma vie. Je n'avais pas envie de remonter pour retomber ni de repousser cette porte du passé que j'avais si bien verrouillée.

— Non... je suis trop vieux, déclarai-je, en pensant que cet argument était imparable.

Il me regarda comme s'il lisait à l'intérieur de moi. Ce qui me mit d'ailleurs un peu mal à l'aise, tant il avait l'air de comprendre que ma réponse n'avait rien à voir avec sa proposition.

— Trop vieux ? Ou vous avez trop peur ?

— Je ne sais pas. À vous de décider si c'est la peur ou l'âge.

Il me fixa avec intensité et me dit simplement :

— C'est peut-être la chance de votre vie, Mike, ne la laissez pas échapper.

Il monta dans sa voiture. Lorsqu'il mit le moteur en marche, je restai silencieux, immobile, presque tétanisé.

Je ne savais que faire. Devais-je accepter ? Devais-je me remettre en danger au risque d'y perdre ma vie, cette petite vie bien tranquille et si sécurisante, cette vie qui, au fil des années, ne m'amenait rien de bien enrichissant, mais m'évitait de reprendre des coups.

La douleur peut tuer, tout dépend de l'être humain, du degré d'amour qu'il met à la disposition de l'autre, de sa fragilité et de sa profondeur aussi. Il y a des gens qui n'arrivent pas à survivre à l'extrême souffrance, ils n'y sont pas préparés, ils n'en ont pas les moyens psychologiques. Alors soit ils se laissent sombrer, soit ils mettent simplement fin à cette vie qu'ils n'arrivent plus à supporter.

Je m'en étais sorti, mais j'étais comme un poulet déplumé. J'avais souvent pensé mettre fin à mes jours, mais j'étais au fond de moi-même un battant, un optimiste, quelqu'un de positif qui a toujours été sauvé par la petite lumière qu'il y a là-haut dans le ciel et qui vous dit de ne jamais abandonner, de ne jamais laisser tomber et que, quelle que soit la souffrance, il faut continuer à avancer. Je n'avais rien à perdre à dire oui, mais c'était tout de même plus facile à dire qu'à faire.

Puis j'ai pensé à Lucy. Si je n'avais pas osé lui parler, il ne se serait rien passé, j'avais risqué le tout pour le tout et ce qui pouvait alors arriver de pire était simplement qu'elle me dise non. Ma vie n'aurait pas changé pour autant.

Il fallait donc peut-être prendre le risque d'accepter cette proposition. Comme nous étions dimanche, je décidai de me donner le reste de la journée pour y réfléchir et surtout appeler Lucy. Son avis m'aiderait peut-être. Et puis, elle me manquait beaucoup. Je remontai dans mon appartement et composai son numéro.

Une voix d'homme énonça d'un ton assez pompeux que j'étais à la résidence des Lawton. On se serait cru dans un film ; avec Simon le majordome habillé comme le Nestor de Tintin qui avait dû mettre son plumeau sous son bras pour répondre au téléphone.

Je lui demandai poliment si je pouvais parler à Lucy.

— C'est de la part de qui ? s'enquit-il sur le même ton cérémonieux.

Je me pris à son jeu et répondis avec la même intonation :

— Wilson, Mike Wilson.

Je me prenais vraiment pour James Bond lorsqu'il appelle le château du méchant Blofeld dans *Les diamants sont éternels*.

— Un instant, ajouta-t-il poliment.

Je profitai de ce moment d'attente pour boire une petite rasade de whisky mais Lucy fut si rapidement au téléphone que je faillis m'étouffer au milieu de ma gorgée.

— Mike... !

— Lucy ! fis-je avec le même enthousiasme. Ça va... ?

— Ça va super, Mike, dit-elle, comme si elle avait quatorze ans.

— Comment s'est terminée la soirée ?

Elle me raconta que les gens avaient commencé à partir vers 1 heure du matin, que je lui avais manqué et qu'elle était restée seule dans le jardin à discuter avec Darren.

— Et toi ? voulut-elle savoir.

Je lui racontai ma nuit sans lui dire que j'étais arrivé en retard au travail. Je ne voulais pas non plus lui parler de ce producteur, en tout cas pas au téléphone. Je lui demandai donc si elle pouvait dîner ce soir avec moi.

Son « oui » fut franc et instantané, ce qui me ravit mais également me donna une bouffée d'angoisse : où allais-je l'emmener et avec quel argent ? Je n'avais pas encore été payé et je n'avais plus un rond. C'est alors que j'eus une idée.

Ne pas avoir d'argent, c'est embarrassant, qu'on soit avec une fille riche ou pauvre. C'est gênant de ne pas pouvoir offrir ce que notre cœur nous dicte, mais en fin de compte, le manque d'argent rend ceux qui n'en ont pas plus créatifs, plus imaginatifs, ce qui dans un monde où beaucoup de choses ne reposent que sur le paraître est rafraîchissant.

C'est vrai qu'un Noël sans cadeaux ou des vacances sans vacances, avec des enfants qui n'attendent que ça, peut vous briser le cœur, tant notre société n'est basée que sur le dernier gadget, le dernier jouet, le dernier téléphone portable ou le dernier endroit à la mode. Ce qui est déchirant, c'est que l'enfant, l'adolescent ou l'adulte qui n'a jamais pu ou ne pourra jamais se payer les dernières choses à la mode n'est pas forcément malheureux. Il se sent simplement en marge d'une société dont il ne fait pas partie et qui lui agite en permanence sous le nez que, pour être, il faut avoir.

Moi qui n'avais pas, alors j'allais être. Être un peu plus créatif qu'en dégottant le meilleur restau de la ville, même encore plus créatif qu'avec mon pique-nique au parc.

Je dis donc à Lucy que nous allions dîner chez moi. Elle fut surprise mais ravie. Je lui donnai l'adresse en me demandant si elle avait déjà mis les pieds dans le downtown Los Angeles.

Nous avons décidé de nous retrouver vers 20 heures et on a raccroché.

*

Jamie avait suffisamment de métier pour comprendre qu'il avait trouvé ce qu'il cherchait. Il avait débarqué chez Franck, après avoir quitté Mike. Franck n'avait eu aucun problème pour le recevoir un dimanche puisque de toute façon il n'avait aucune vie familiale.

— J'ai découvert notre homme.

— Je t'écoute, lui dit Franck calmement.

Celui-là, pour lui arracher une émotion, il aurait probablement fallu lui annoncer que la banque dans laquelle il planquait son pognon avait été nationalisée par le quelconque dictateur d'un obscur État.

— Il s'appelle Mike Wilson et est une exception à toutes les règles. Il ne le sait peut-être pas, mais il échappe à tous les paramètres que j'ai pu observer. Il joue avec une compréhension instinctive et innée de la musique, ce qu'on appelle un « naturel ».

Franck se leva, rassuré, puisqu'il savait que son compte en banque n'avait pas été nationalisé.

— Jamie, je crois en ton talent, en ta connaissance de ce métier. Mais ce dont tu me parles est impossible. J'ai besoin de l'entendre jouer, de m'en rendre compte par moi-même avant d'en parler à William.

— Je veux d'abord travailler un peu avec lui, il est un peu comme qui dirait… rouillé.

— Et tu l'as trouvé où ?

— Je suis tombé dessus ce matin, par accident, au studio…

Jamie hésita à poursuivre.

— Et… ? interrogea Franck.

— Le balayeur, le nettoyeur, l'homme de ménage, dit-il d'une voix posée. C'est lui, l'homme que j'ai découvert.

Franck éclata de rire, puis se reprit. Trop d'émotions d'un coup. Il pensa immédiatement publicité, marketing.

— Un homme de ménage est le nouveau Mozart du XXIe siècle, la presse va adorer. Quel âge a-t-il ?

— La bonne quarantaine.

Franck l'arrêta aussitôt.

— Jamie, nous sommes dans une génération jeune, qui a besoin de s'identifier à des personnages jeunes, qu'ils soient musiciens, acteurs, modèles et tu me parles d'un mec de quarante balais, c'est foutu d'avance.

— Depuis quand le vrai talent a-t-il à voir avec l'âge et depuis quand l'âge catalyse-t-il le choix d'un public ?

— S'il est aussi exceptionnel à son « âge », comment se fait-il qu'on n'en ait jamais entendu parler avant ? fit remarquer Franck avec justesse.

— Je suis d'accord avec toi, je vais me renseigner. Il était peut-être endormi.

— Le balayeur au bois dormant… Jamie, tu es le meilleur producteur de musique classique dans cette ville, alors je n'ai pas d'autre choix que de te faire confiance mais ne me plante pas... T'es sûr de ton coup ?

— Je ne suis sûr de rien, mais si ça ne te convient pas, ni à toi, ni à William Lawton, j'en connais plein d'autres qui me laisseront la chance de prendre le risque.

— J'ai dit que je te faisais confiance, répéta Franck, ramène-nous le Beethoven du XXIe, quel que soit son âge. Mais sois pas con, Jamie : un mec comme ça, il ne sort pas de nulle part, trouve-moi des infos, tout ce que tu peux. Sois réaliste, tout peut exister mais pas après tant d'années, sans une explication qui tienne la route.

Jamie le regarda, sachant qu'il avait parfaitement raison. Un « naturel » de ce calibre avait dû avoir une vie antérieure, une carrière potentielle, quelque chose qui justifiait un tel talent. Mais un génie, ça peut rester dans l'ombre et se révéler sur le tard ou ne jamais être reconnu, sauf peut-être à titre posthume...

*

J'avais laissé un mot tout simple sur la porte de mon appartement : « Je suis sur la terrasse juste au-dessus. » Lucy arriva pile à l'heure. Il faisait déjà nuit, car ici en Californie, les journées ne sont pas aussi longues qu'en Europe. Même si le climat est plus clément tout au long de l'année, la nuit tombe plus vite, même en été.

Je m'étais caché derrière un pan de mur et je vis Lucy s'avancer dans la demi-pénombre. Elle avait une jolie robe, un peu comme celle que portait Audrey Hepburn dans la scène de la soirée très chic à la fin du film *Sabrina*.

Elle avait relevé ses cheveux et, avec sa frange, elle avait encore l'air plus gamine qu'auparavant. Elle balbutia un timide « Mike », tout en continuant à approcher. Je ne la sentais pas rassurée, et comme je n'étais pas là pour lui faire peur, j'appuyai sur un interrupteur et la terrasse s'illumina. Je l'avais décorée de guirlandes, vous savez, celles qu'on utilise à Noël pour mettre autour des sapins. J'avais dressé une table pour deux personnes au milieu de la terrasse, afin que nous puissions profiter de la vue. J'avais aussi disséminé par-ci par-là quelques vases de violettes, de pensées, de roses, de marguerites.

J'avais posé sur la table un seau à champagne que j'avais emprunté à ma voisine et que j'avais lustré pour lui donner un coup de neuf, car vu l'âge de cette voisine elle n'avait pas dû l'utiliser depuis longtemps. J'avais essayé de créer un univers aussi irréel que magique. Lucy avait l'air d'une petite fille devant une vitrine décorée pour les jours de fête. Je n'aurais jamais imaginé qu'une attention aussi simple pût provoquer chez elle une telle émotion et j'en étais profondément touché.

Je sortis de ma cachette. Elle dut avoir du mal à me reconnaître. J'avais mis un smoking – sans le nœud papillon quand même –, un smoking que m'avait prêté le fils de l'épicier, et troqué mes vieilles tennis contre une paire de chaussures de ville que je lui avais également empruntée. Je m'étais gominé les cheveux en arrière, bref j'avais fait un effort pour ma princesse car elle c'était vraiment ma Princesse Charmante. Son sourire me désarma.

— Mike, me dit-elle, émue, c'est... c'est tellement beau, et elle s'avança vers moi.

Je l'embrassai doucement sur la joue. Elle m'a serré dans ses bras pendant quelques secondes, puis nous nous sommes regardés. Ce sont des moments magiques que ceux-là, où l'on sent toutes les émotions se bousculer en même temps, si bien que dans ce bric-à-brac on ne sait plus vers laquelle se tourner.

— Un peu de champagne, dis-je en claquant des doigts.

Et c'est là que Prince apparut. Je l'avais habillé, lui aussi, sobrement bien sûr, en lui mettant une serviette blanche autour du cou.

— Lucy, voici Prince qui sera ce soir notre serveur.

Prince vint renifler Lucy et lui lécha la main comme il se doit quand on est un chien bien éduqué, puis il s'assit sur son arrière-train. Lucy lui caressa la tête.

— Bonsoir, Prince, lui dit-elle, je suis très honorée.

Prince donna joyeusement de la voix et lui offrit une patte qu'elle serra délicatement.

Elle éclata de rire.

— Il me fait penser à...

— Je sais, lui dis-je, d'où son nom.

Elle rit de plus belle. Elle avait un rire cristallin, pudique, j'étais sérieusement amoureux et incapable de comprendre ce bonheur si soudain. Mais dans ces cas-là il faut profiter, pas analyser.

J'ouvris la bouteille de champagne et annonçai à Lucy que ce soir nous avions deux choses à célébrer : la première et la plus importante, bien sûr, c'était notre rencontre, et la seconde, la visite d'un prétendu producteur de musique que j'avais vu dans la matinée. Il m'avait entendu jouer au studio où je travaillais et il était prêt à s'occuper de moi si je lui donnais mon accord, ce que j'avais fait en fin d'après-midi.

Elle me regarda et je lus un immense bonheur dans ses yeux.

— C'est fantastique, me dit-elle. Oh, Mike, je suis si heureuse pour toi !

On a trinqué, elle avait les larmes aux yeux. J'ai souri et lui ai dit que je pensais que c'était elle qui me portait chance depuis que je l'avais rencontrée. C'est incroyable de voir comment les choses arrivent par vagues si soudaines qu'elles vous prennent au dépourvu, exactement comme dans l'océan où une vague peut d'un coup vous emporter ou vous transporter. Celle sur laquelle j'évoluais en ce moment m'emmenait vers des horizons inconnus mais tellement plus cléments que ceux que j'avais connus depuis vingt-cinq ans. La vie en elle-même n'est jamais explicable et toujours empreinte de ce mystère qui fait qu'elle vaut vraiment la peine d'être vécue.

La petite chaîne stéréo que j'avais installée sur le mur de la terrasse diffusait une musique douce et romantique, nous avions terminé de dîner et je lui demandai si elle voulait reprendre un peu de ce délicieux bœuf aux carottes dont mon petit épicier avait le secret.

Elle déclina mon offre, me disant qu'elle était rassasiée.

— Tu es sûre ? C'est une vieille recette de famille…

— Vieille de combien de temps ? interrogea-t-elle en souriant.

— Vieille de la distance qui nous sépare de l'épicier-traiteur qui est à un pâté de maisons de chez moi et qui me l'a fait mijoter tout l'après-midi.

Elle m'observa, amusée.

— Je n'ai jamais rencontré quelqu'un comme toi, d'aussi simple, d'aussi spontané, d'aussi vrai, d'aussi peu embarrassé par sa condition qui va à l'encontre des critères que la vie essaie de nous imposer aujourd'hui. Tu n'as rien à cacher, tu as ta fierté, tu n'as pas peur d'être simplement toi.

— Bien sûr que non, répliquai-je le plus naturellement du monde. Combien de pianistes ringards qui complètent leurs fins de mois en nettoyant un studio connais-tu ?

— Ne dis pas des choses comme ça, tu vaux bien plus que ça. En plus, tu es tout sauf un ringard, tu as un talent, une humilité, une classe naturelle, une dimension humaine si spéciale, si différente. Où est passé le personnage qui avait assez confiance en lui pour m'aborder dans un bar, ou pour m'entourer de son bras hier soir ?

Je lui ai avoué qu'il n'avait peut-être pas vraiment confiance en lui, et que, quoi qu'il arrive, il est plus facile d'être confiant quand on n'a rien à perdre.

— On a toujours quelque chose à perdre à ne pas croire en soi, à se laisser aller à la facilité, à se laisser bercer par une situation dans laquelle on s'enferme progressivement sans même s'apercevoir que, plus on s'y enfonce, plus on aura de mal à s'en sortir.

Je ne savais pas encore si j'avais envie d'approfondir ses propos qui résonnaient en moi avec une telle vérité. La veille, je lui avais vaguement expliqué qui j'étais et elle avait eu la délicatesse de ne pas m'en demander plus. C'était un peu tôt pour lui raconter le pourquoi et le comment de ma vie. Mais je lui ai avoué combien elle était importante pour moi, que, depuis que je l'avais rencontrée, je n'avais pas arrêté de penser à elle, que je sentais qu'elle faisait partie de ma vie, et que j'en avais peur. Je n'avais jamais ressenti ça auparavant. Je m'étais enfermé dans une vraie solitude, dans la solitude de ceux qui se cachent car ils ont peur d'affronter l'existence, car ils ont peur de ne pas être à la hauteur, parce qu'ils ont peur de descendre encore plus bas que le dernier barreau de l'échelle sur lequel ils se tiennent, parce qu'ils ont peur de glisser, de ne pas se relever et de s'écraser définitivement.

— Peut-être que tu n'as jamais eu quelqu'un pour te rattraper, te retenir et te remonter vers la lumière. Pourtant tu m'as l'air positif et heureux, presque insouciant.

— Ce n'est peut-être qu'une apparence.

— Je ne crois pas, dit-elle en me regardant dans les yeux.

Puis elle se leva et me tendit la main :

— Danse avec moi.

Je marquai un temps d'hésitation, surpris.

— Danse avec moi, répéta-t-elle doucement.

Je pris sa main dans la mienne et on se mit à danser, seuls au monde, sur cette terrasse, avec pour seul témoin ce chien qui, le museau par terre, nous surveillait d'un regard bienveillant et apaisé.

Je lui ai caressé la joue et je l'ai embrassée, du bout des lèvres, assez pour sentir la force de ce que nous vivions. Et soudain il s'est mis à pleuvoir.

— C'est pas possible, fis-je en regardant le ciel.

Elle prit ma tête dans ses mains douces et délicates et gentiment me dit que quelques gouttes de pluie n'avaient jamais fait de mal à personne. Puis elle leva son visage vers le mien et nous nous sommes enfin embrassés. Ce premier baiser était tendre, délicat, il faisait naître des papillons dans mon ventre, il me transportait dans un pays qui n'existe pas, dans un univers aussi doux que le coton impalpable des nuages. Nous flottions dans notre bulle de savon. Nous nous envolions tous les deux vers les cieux, comme les lucioles qui rendent la nuit si magique tant leur éclat ressemble à de petits anges qui vous protègent et vous guident.

La pluie tombait de plus en plus fort, nous avons continué à nous embrasser, isolés dans notre passion. Les gouttes n'existaient pas, ne nous touchaient même pas, ça n'avait aucune importance.

Nous nous sommes regardés, elle m'a pris par la main et m'a dit aussi doucement qu'une mère parle à son bébé endormi : « Viens », et nous sommes rentrés nous abriter dans mon appartement.

Prince ne nous a pas accompagnés, il était sagement couché sous un petit auvent que j'avais aménagé pour lui sur la terrasse, comme s'il comprenait qu'il fallait nous laisser seuls dans ce premier moment d'intimité.

La clef se trouvait sur le haut du chambranle de la porte comme à son habitude. Je la pris et nous sommes entrés dans mon « chez-moi ».

Lucy trouva l'appartement *intéressant*, c'est le mot qui lui vint à la bouche, d'une taille parfaitement convenable, ce qui me laissa penser qu'un jour peut-être elle pourrait y emménager. Avec quelques changements, ajouta-t-elle en femme d'intérieur qui se respecte devant l'appartement d'un célibataire comme moi. Il pourrait même devenir tout à fait charmant. De toute façon, me dit-elle, je m'en fiche, je suis heureuse d'être ici avec toi et elle se lova dans mes bras, tout en glissant sur le lit.

Je ne vais pas vous raconter notre première nuit d'amour, ni même les suivantes d'ailleurs, c'est une question de pudeur, mais ce fut magnifique, simple, doux, délicat, tendre et surtout naturel. Voilà, vous en savez assez pour imaginer le reste.

*

Lorsque je me réveillai, Lucy n'était plus dans le lit. J'entendis du bruit dans la cuisine, enfilai un tee-shirt et découvris Lucy devant le frigo ouvert et désespérément vide. Elle eut une petite moue désapprobatrice et déclara qu'il y avait un peu de travail à faire pour rendre cet endroit plus vivable. Ce n'était pas un reproche, simplement une évidence. Vu qu'à part la bouffe de Prince le frigo était vide, elle n'avait pas tort. Mais c'était aussi bien la preuve que je ne m'attendais pas qu'elle passe la nuit avec moi.

Elle m'enlaça tendrement, je la sentais heureuse, libre comme si nous nous connaissions depuis longtemps. Moi, j'étais moins à l'aise, je pensais au rendez-vous que Jamie m'avait fixé, en me disant qu'une voiture viendrait me prendre à 10 heures pour me conduire au studio. Je n'avais pas besoin d'une voiture, ça me rendait encore plus nerveux.

— Inquiet ? demanda-t-elle comme si elle lisait dans mes pensées.

— Non pas du tout... enfin si, un peu... un peu anxieux de m'y remettre, de recommencer à répéter, de me replonger dans tout cela.

— Je ne comprends pas ce que tu racontes...

— Et si c'était trop tard ?

Elle me regarda tendrement.

— Ça n'est jamais trop tard. Est-ce que, pour nous, c'est trop tard ?

Elle avait raison, rien n'est jamais trop tôt ou trop tard dans la vie, c'est juste une question de timing.

— Donne le meilleur de toi-même, ajouta-t-elle, je crois que c'est tout ce que te demande ce producteur... ce... Jamie... Donne-lui le maximum, je suis si fière de toi, et dis à ce Jamie que, s'il te maltraite, il aura affaire à moi.

Je lui souris, elle me donnait du courage. Elle m'annonça qu'elle aussi avait un rendez-vous et que son petit déjeuner, vu la nourriture disponible, semblait compromis. Elle allait prendre une douche et me laisser ensuite me préparer. Cette phrase me remplit de bonheur, nous ne vivions pas encore ensemble mais elle parlait comme si c'était le cas. Je commençais à partager mon existence avec cet être si délicat, si généreux, qui me donnait une bonne énergie. Lorsque j'entendis l'eau couler, j'ouvris un des placards de la cuisine où je cachais ma flasque de whisky et bus en cachette une solide gorgée. Elle savait que je buvais mais peut-être pas dès 8 heures du matin.

Lucy sortit de la salle de bains, elle avait l'air radieuse, les cheveux lâchés, peu maquillée, comme à son habitude. Elle me posa un énorme baiser sur la bouche et me dit qu'elle était vraiment à la bourre car elle devait repasser chez elle se changer. Elle me regarda droit dans les yeux et ajouta fermement :

— Sois toi et rien d'autre et tout ira bien.

Je l'embrassai encore une fois, elle me fit un grand sourire avant de passer la porte et de disparaître dans l'escalier, telle une Cendrillon qui aurait oublié l'heure mais qui heureusement n'avait pas eu que la permission de minuit.

Je consultai ma montre, j'avais amplement le temps de me préparer.

*

Lorsque je sortis dans la rue, je fus surpris de voir un grand nombre de mes voisins sur le trottoir, puis je compris très vite la raison de ce petit attroupement en découvrant la voiture qui était parquée devant l'entrée.

La limousine devait faire six mètres de long, un chauffeur, casquette sur la tête, se tenait devant la portière arrière qu'il ouvrit en me voyant. Mes voisins me regardaient, sans comprendre ce que cette voiture faisait dans ce quartier, et pourquoi ce chauffeur en livrée m'attendait moi, le loser du quatrième étage. J'observais ce monstre, un peu comme si Godzilla avait débarqué dans ma rue.

— Monsieur Wilson, je m'appelle George, je suis le chauffeur de M. Bridges et je dois vous conduire au Studio Vision Classique.

Mes voisins saluèrent George à l'unisson et insistèrent pour jeter un coup d'œil à l'intérieur de la limousine. George sourit gentiment en expliquant que ça n'était pas possible, qu'il était un simple employé et qu'il était uniquement responsable de M. Wilson, seul autorisé à monter dans ce véhicule.

George avait l'air d'un bon mec. Noir, un peu enveloppé, il avait quelque chose d'ouvert, de sympathique. Il se tenait toujours devant la portière ouverte, attendant que je m'engouffre à l'intérieur comme une star poursuivie par ses fans.

Je lui ai demandé s'il devait vraiment m'emmener au studio « là-dedans ».

— Oui, monsieur Wilson.

— George, lui dis-je, je pense que vous vous trompez.

— Je ne suis pas sûr de comprendre, monsieur Wilson, répliqua-t-il, mal à l'aise.

— Et cessez de m'appeler monsieur Wilson, je suis Mike, lui dis-je en lui tendant la main.

Il m'a serré la main en ajoutant :

— Bonjour, monsieur Wilson, mais mes instructions sont claires, je dois vous emmener « là-dedans » au Studio Vision Classique.

— Alors allons-y, lui dis-je en enfourchant ma bicyclette. Suivez-moi, George. Je vous promets de ne pas vous perdre.

Je vis une réelle détresse, doublée d'une angoisse terrible, envahir le regard du pauvre George qui referma la portière arrière, se précipita derrière son volant et commença à manœuvrer pour mettre sa limousine dans le bon sens. Dans cette rue étroite, c'était un peu comme essayer de faire entrer un paquebot de croisière dans le port de Honfleur.

Il était plutôt doué et l'exercice ne lui prit que quelques minutes. J'ouvris la marche d'un coup de pédale assuré, suivi de près par un George bien décidé à ne pas se laisser distancer.

De toute façon, je n'allais pas lui faire ce coup-là, mais ça m'amusait de le larguer en zigzaguant entre les voitures pour le voir bloqué par le trafic. Je l'imaginais derrière son volant transpirant à grosses gouttes, se disant que, si nous n'arrivions pas ensemble au studio, c'en était fait de sa carrière de capitaine au long cours. Alors je l'attendais à chaque intersection.

Chaque fois qu'il m'apercevait, il me donnait un coup de klaxon de soulagement et nous reprenions notre route. Ce fut comme ça jusqu'à notre arrivée au studio. Je garai mon vélo. George sortit de son véhicule, l'air épuisé. Tout en reprenant son souffle, il me remercia chaleureusement de l'avoir attendu et je lui souris. Cette petite promenade qui l'avait tellement stressé m'avait détendu et fait momentanément oublier mes angoisses à l'idée de cette première journée.

*

En réalité, Lucy avait donné rendez-vous à Darren. Elle avait envie de lui parler de sa soirée avec Mike, de lui raconter ce qu'elle ressentait, comment elle vivait ce moment. Depuis la mort de sa mère huit ans auparavant, elle avait été, sans ambiguïté aucune, la « femme » de son père. Elle n'avait jamais eu le courage d'abandonner cet homme à sa détresse et elle était devenue la maîtresse de maison, la remplaçante de celle que son père avait aimée pendant quarante-cinq ans, celle pour qui il avait tout construit, et sans laquelle il n'aurait peut-être jamais rien achevé.

Lucy avait mis sa vie de côté pour ce père omniprésent. Elle n'avait pas vraiment raté des occasions, mais quand l'esprit est occupé à une tâche qu'on se sent dans l'obligation d'accomplir, on est moins disponible.

C'est de ça qu'elle voulait parler à Darren. Elle avait rencontré l'homme qui la faisait vivre pour la première fois à part entière, l'homme qui pourrait couper le cordon qui la reliait toujours à son père plus par devoir que par réel désir, même si elle l'aimait profondément.

Elle était vraiment amoureuse pour la première fois et pour être sûre de ne rien gâcher, elle avait besoin de l'analyse de Darren qui connaissait bien ce papa, possessif et protecteur.

Darren débarqua dans le coffee shop où Lucy lui avait fixé rendez-vous. Comme à son habitude, il débordait d'énergie.

— Tu as l'air radieuse, ma Lucy, alors ce Mike c'est un bon coup...

Lucy se mit à rougir comme une petite fille.

— Darren, je t'en prie...

— Ben quoi, il est bon ou pas ?

— Il est génial... à tous points de vue... il est sensible, subtil..., attentionné, gentil, j'arrive pas y croire... ça doit cacher quelque chose.

— Ou pas, rétorqua Darren. Tu mérites un mec bien. Depuis le temps... je finissais par croire que tu terminerais vieille fille avec Darren comme grande sœur...

Elle lui raconta la terrasse, l'appartement, le chien qui s'appelait Prince et qui ressemblait au chanteur, puis elle lui parla de la difficulté avec laquelle son père accepterait cette liaison.

— Si j'étais toi, j'attendrais un petit peu avant de le lui présenter. Peut-être que William aura un coup de foudre immédiat pour Mike. Mais, à mon avis, il y aura d'abord un gros orage, suivi d'un cataclysme, se terminant par un tremblement de terre de magnitude 9 sur l'échelle de Richter… donc niet, nicht, no, nein, non, profite et, le moment venu, tu lui en parleras.

Lucy était d'accord avec lui, il ne fallait pas précipiter les choses, même si elle sentait qu'annoncer sa liaison maintenant ou plus tard ne changerait rien aux sentiments qu'elle éprouvait pour Mike. Darren, depuis qu'elle était toute petite, ne s'était jamais ou très rarement trompé.

Darren, c'était son frère, sa sœur, comme il disait, son confident, la personne la plus proche qu'elle ait jamais eue, sa famille à lui tout seul. Il aimait ça. Lucy avait toujours vécu les problèmes des gens qui ont grandi dans des familles très fortunées, qui se méfient de tout le monde et sont persuadés qu'on cherche à les séduire pour profiter de leur argent. Mais Darren, elle le savait, l'aimait pour elle-même.

— T'as raison… mais je veux quand même lui présenter… je sais, je sens que c'est lui…

— Et s'il le déteste ?

— Alors je l'aimerai encore plus. Tu sais que la vie c'est peut-être ça, l'être aimé que tout le monde rejette devient celui vers lequel on va. Ça me donne l'impression d'accomplir quelque chose.

Darren la regarda :

— Écoute-moi bien, Mère Lucy Teresa, t'es là pour être heureuse. Alors vis ta vie comme tu le sens, mais ne t'accroche pas juste parce qu'il est à part. Ne cherche pas à l'aimer pour ses faiblesses ou ses manques, ne joue pas à la bonne Samaritaine pour te déculpabiliser de ta condition de riche vis-à-vis de ceux qui ont moins. Tu l'aimes ou tu l'aimes pas, c'est tout.

— Je l'aime, lui dit-elle simplement.

— Alors fonce, tu n'as plus de temps à perdre, conclut Darren dans un grand rire.

*

Ça faisait deux heures que je travaillais le même morceau. J'avais du plaisir à pratiquer mes gammes, comme un élève débutant, à rejouer des morceaux de mon enfance. J'éprouvais aussi un mélange de bonheur et de tristesse, ces notes de musique me rappelaient douloureusement ma mère. Mais j'attaquais comme une bête et me laissais emporter par la musique, sûr d'être dans un élément que je n'aurais jamais dû quitter. La vie est faite ainsi : il y a toujours un croisement et l'on choisit la bonne ou la mauvaise direction, néanmoins la vie vous rattrape toujours, vous tape sur l'épaule et vous fait rebrousser chemin. C'est ce qu'on appelle le temps perdu et on repart dans l'autre sens avec l'espoir de ne pas faire les mêmes erreurs.

Depuis l'accident de ma mère, j'avais pris la mauvaise route, guidé par la culpabilité, et je m'étais engagé sur un chemin tortueux. J'avais des trous dans ma vie, dans ma tête, dans mon cœur. Cette mère abusive et souvent maladroite, c'était ma bouée, mon support, elle m'avait façonné à sa manière pour que je devienne ce qu'elle aurait voulu être.

Mais je devais avancer, aller à fond dans mon univers et je donnais mon maximum, pas pour impressionner Jamie, mais parce que j'en avais besoin.

La voix de Jamie me sortit de ma bulle.

— C'est pas mal, Mike, essaie de jouer plus fort le septième accord, ça peut renforcer le côté dramatique.

Karen regarda Jamie. Elle ne put s'empêcher de lui souffler combien elle était impressionnée par ce qu'elle entendait, ce qu'elle ressentait en voyant ce mec jouer.

Jamie sourit, elle avait raison, c'était impressionnant, mais pas suffisant, jamais suffisant. Le travail est la clef de toute réussite et il était un peu tôt pour se laisser subjuguer par ce talent hors du commun certes, mais fragile.

Mike rejoua le *Cinquième Concerto* en appuyant le septième accord comme Jamie le lui avait conseillé. Il s'arrêta et éclata de rire.

— C'est super, t'as raison c'est plus fort.

Un coursier rentra dans la cabine et tendit une enveloppe à Jamie.

— Je suis à toi tout de suite, Mike...

Jamie prit l'enveloppe et l'ouvrit. Il parcourut les documents qui ressemblaient à des coupures de journaux et les remit à leur place. Son visage s'était soudain fermé. Jamie appuya sur le bouton de communication.

— Mike, c'est fini pour aujourd'hui. Tu peux venir une minute ?

Mike pénétra dans la cabine. Karen le dévisageait fixement, incapable de prononcer un mot. Mike la regarda et sourit.

— Ça va, Karen ?

— Oui, monsieur... oui, Mike, ça va.

— Mike, quand t'es chez toi, tu joues sur quel genre de piano ?

— J'ai pas de piano, lui dit Mike. Je me suis construit une planche en bois, comme ça je peux continuer à pratiquer...

— Une planche en bois ?

— Ouais, j'ai dessiné des touches, comme un piano quoi, mais sans le son.

Jamie le fixait en se disant que ce type était vraiment à part.

— T'as pas de piano ?

— Non, mais c'est tout comme.

Jamie se tourna vers Karen.

— Karen, tu pars avec Mike, George va vous accompagner pour acheter un piano.

Ils sortirent tous les trois et découvrirent George assis sur un pliant. En les voyant arriver, il se leva prestement.

— Mike, ça va avec George, il s'occupe bien de toi ?

— Ouais, c'est un super conducteur, il se démerde très bien dans le trafic.

Tout en parlant, Mike détachait sa bicyclette.

— On va la mettre dans le coffre, comme ce matin, d'accord, George ?

Jamie les observait, de plus en plus perplexe. George sourit, ouvrit le vaste coffre et y posa la bicyclette. Il appréciait que Mike ait décidé de le couvrir.

— C'est un truc fétichiste, expliqua Mike à Jamie. J'aime ce vélo...

— Autant que ta musique ?

— Plus que ma musique, bien sûr...

— Vous allez chercher un piano, maintenant, à livrer tout de suite, reprit Jamie en s'adressant à Karen. Un artiste a besoin de pratiquer son art... et si son fétiche a besoin d'un coup de peinture, n'hésitez pas, si ça peut améliorer son doigté.

Puis Jamie prit Mike à part :

— J'aimerais qu'on dîne ce soir tous les deux.

— Y a un problème ? demandai-je, soudain un peu inquiet.

— Aucun, c'est juste pour qu'on apprenne à se connaître un peu mieux : 20 heures chez Musso & Franck.

— Entendu, 20 heures chez Musso & Franck.

Karen et moi, nous sommes montés dans la limousine.

Tandis que nous roulions, j'ai demandé à Karen si elle pouvait me rendre un petit service.

— Bien sûr, fit-elle, ravie de partager une confidence.

*

La voiture s'arrêta devant le magasin de pianos dans lequel j'étais entré quelques jours auparavant. Je me dirigeai directement vers le pingouin qui m'avait si bien accueilli la première fois :

— Salut, vous vous souvenez de moi... Roger, dis-je en lisant la plaque accrochée à la poche de sa veste.

— Vaguement, répondit-il en soupirant.

— Le mec... le piano Yamaha... les allumettes...

— Ah oui... le concertiste ! Écoutez, monsieur, j'ai pas de temps à perdre.

— Eh bien, j'en suis ravi. Vous travaillez à la commission, n'est-ce pas ?

— Oui, on travaille à la commission, mais pour ça il faut d'abord que le client nous paie...

Je ne lui ai pas laissé terminer sa phrase.

— Alors, j'aimerais être servi par la personne là-bas, fis-je en indiquant une petite blonde qui avait l'air un peu perdue et dont ça devait être le premier jour au magasin.

Je me dirigeai vers la vendeuse, suivi de Karen. Elle s'appelait Suzanne, comme l'indiquait la plaque qu'elle aussi portait sur son gilet noir.

— Bonjour, Suzanne, je m'appelle Mike et voici Karen. J'aimerais acheter le demi-queue Yamaha. Celui qui est là-bas.

Le vendeur, qui nous avait suivis, me regarda et avec une pointe de sarcasme me demanda bêtement si je comptais l'acheter avec des bons de réduction découpés dans un magazine.

Karen intervint :

— Il va payer cash, fit-elle en sortant une imposante liasse de son sac à main.

Dans un dessin animé, la mâchoire du vendeur se serait décrochée à la manière du loup de Tex Avery. La bouche grande ouverte, il nous regarda nous éloigner avec Suzanne et... sa commission.

Je ne suis pas d'un naturel méchant, mais c'était bien fait pour lui.

*

Lorsque je débarquai chez moi, Lucy était là. Prince l'avait complètement adoptée et leva à peine la tête à mon arrivée.

Elle avait commencé à réorganiser l'appartement, changé le canapé de place, ajouté des coussins colorés. Elle avait acheté un joli tapis qu'elle avait glissé sous la table basse, disposé quelques plantes vertes aux quatre coins de la pièce, passé l'aspirateur. Rempli le frigo bien évidemment, entièrement nettoyé la salle de bains, dans laquelle elle avait disposé de nouvelles serviettes, deux peignoirs et deux brosses à dents.

— Au cas où je reviendrais, dit-elle en m'embrassant.

Elle avait également changé les draps. Elle ouvrit le seul placard de la chambre. Mes rares vêtements étaient rangés comme sur les rayons d'une boutique. Elle avait laissé un espace vide.

— Comme ça, au cas où je reviendrais, répéta-t-elle, j'aurais un petit espace qui me permettra de passer plus de temps avec toi, au lieu de foncer me changer chez mon père.

— Pourquoi ? Tu penses revenir ?

— Je ne sais pas, c'est juste au cas où...

Elle me regarda droit dans les yeux.

— Ça fait peur, hein... ?

— Non, ça fait plaisir, lui dis-je.

— Et si tu me le demandais et que je refusais ?

— Je ne te l'ai pas demandé. Mais si tu penses revenir... je suis le plus heureux des hommes.

— Mais j'y pense pas du tout... je te trouve très prétentieux.

— C'est pour ça que je te l'ai pas demandé...

— Parce que tu as peur.

— Non, parce que je suis pas prétentieux.

Son téléphone sonna.

— William, dit Lucy, ne t'inquiète pas... je n'ai pas oublié... je serai là... à tout à l'heure.

C'était qui, ce William, qui se glissait tout à coup dans ma vie, dans notre vie ? Une seconde d'inattention et, hop, un inconnu te pique ta gonzesse. Elle raccrocha. Elle vit ma tronche et me colla un gros baiser mouillé sur la bouche. Je la fixai, un peu excédé, ce William me tapait déjà sur les nerfs.

— C'est qui, William ?

Elle me regarda calmement :

— Mon père.

Elle me prenait vraiment pour un con.

— T'appelles ton père par son prénom ?

— Ben oui, puisque c'est le sien. T'appelais ta mère comment ?

— Maman.

Elle marqua une pause.

— Ça fait longtemps que j'ai pas appelé mon père papa, dit-elle, un peu nostalgique. Depuis que ma mère est morte, en fait. Elle l'appelait William, alors j'ai pris l'habitude.

Elle me raconta la solitude de son père, son côté protecteur, possessif et... triste. Elle prononça ce dernier mot sans amertume.

— C'est aussi un homme dur, fermé, je pourrais l'appeler Égoïste.

— Juste Égoïste, sans nom de famille ?

— Nous ne sommes pas une famille, même avant, nous n'étions pas une famille.

— Mais pourquoi Égoïste ? Pourquoi ce titre honorifique ?

— Parce qu'il me contrôle, il joue avec mes sentiments. Il m'abuse.

— Tu veux dire... ?

Elle éclata de rire.

— Mais non. Il veut me savoir là, à ses côtés, comme l'était sa femme. Je n'ai jamais eu le courage de le décevoir. Je sais qu'il veut ce qu'il y a de mieux pour moi mais l'idée qu'il s'en fait n'est pas forcément ce que je désire vraiment.

— C'est bien de vouloir le mieux pour son enfant, mais il ne faut pas en faire une priorité en pensant que grâce à ce désir il deviendra quelqu'un.

Je lui ai raconté que ma mère avait toujours voulu mon bien, mais ça ne m'avait jamais satisfait. Mon talent avait fini par la blaser. Rien n'était jamais suffisant, tout était normal. Alors c'était devenu une guerre insidieuse au début, puis insupportable, et un soir ça avait éclaté et comme toutes les guerres ça s'était soldé par la mort d'un des deux adversaires. Ma mère, en l'occurrence.

— Tu l'as tuée ? me demanda-t-elle, à la fois curieuse et inquiète.

— Oui, d'une certaine manière, je l'ai tuée, peut-être juste avant qu'elle ne me tue.

— C'est terrible, j'ai parfois le même sentiment avec mon père. Je sais que je l'aime… mais parfois je l'imagine mort et moi… libérée.

— Écoute, Lucy, parlons d'autre chose.

— Tu n'es donc ni insouciant, ni détaché de tout ?

— Parce que, toi, tu l'es ?

— Non… mais jusqu'à notre rencontre j'avais accepté cette vie, sans me poser trop de questions, un peu résignée. Et tu m'as réveillée.

— Toi aussi, tu m'as réveillé, à tous points de vue, lui dis-je en haussant les sourcils d'un air malicieux.

— Ne sois pas vulgaire, ajouta-t-elle en riant comme une adolescente.

Je l'ai prise dans mes bras et je l'ai portée jusqu'à la chambre.

*

J'arrivai pile à l'heure chez Musso & Franck sur Hollywood Boulevard. Je venais de quitter Lucy. Notre fin d'après-midi avait été douce et tendre. Lucy était rentrée chez elle, enfin, chez ce père que je n'avais pas vraiment envie de rencontrer même si, pour elle, j'étais prêt à me plier aux convenances des gens puissants.

Je pénétrai dans ce restaurant de légende, une légende qui ne devait rien au chic de sa décoration, car Musso & Franck était tout sauf raffiné. Mais l'endroit était une institution du vieil Hollywood, du Hollywood de qualité, sans la prétention du paraître.

Jamie était déjà là, installé dans un box où, à mon avis, on aurait pu apposer une plaque à son nom.

— Alors, ce piano... ?

— Il est génial, je l'aurai demain.

— Ça va ?

— Ouais, ça va... c'est juste un peu soudain, tout ça... cette attention... la voiture... le studio... le piano...

— T'as pris beaucoup de retard, alors faut pas perdre de temps... D'ailleurs pourquoi n'as-tu pas commencé plus tôt ?

Il y eut un silence pesant.

— J'ai commencé plus tôt...

— Et tu t'es arrêté au milieu.

— Écoute, Jamie, j'ai pas vraiment envie d'en parler.

Jamie me scruta de ses yeux intenses.

— Sois franc avec moi, Mike.

J'ai éludé.

— J'ai commencé petit. C'était en moi, ça faisait partie intégrante de moi. Les gens appellent ça une vocation, un appel, moi j'appelais ça un don. Je sentais la musique, je ne l'ai jamais vraiment apprise, elle était là, c'est tout. Mes parents sont morts et ma future carrière s'est écroulée... J'ai grandi en Europe et je suis arrivé aux États-Unis à l'âge de quinze ans.

Je venais de dire une connerie. Jamie en profita.

— Seul, fit-il, presque amusé.

— Quoi ?

— En Amérique, à quinze ans, t'es arrivé seul ?

J'ai baissé la tête.

— Eh bien... la vérité...

Il me coupa la parole pour m'éviter l'embarras d'un autre mensonge.

— Je sais tout, Mike, tout ce qui s'est passé il y a vingt ans.

Je l'ai fixé sans rien dire.

— Ça a une quelconque importance ?

— Non, pas si tu l'as digéré, absorbé, éliminé, répondit-il gentiment.

— Ma vie a toujours été la musique, ma mère en avait fait son sacerdoce, son chemin de croix, mais la croix, c'est moi qui la portais. C'était un peu lourd et puis il y a eu... l'accident. J'ai mis des années à m'en débarrasser... peut-être de trop nombreuses années. J'avais personne pour m'empêcher de glisser et j'ai vite touché le fond. Il y a un confort à être au fond.

— Ah oui et lequel ?

— On sait qu'on ne peut pas aller plus bas.

— Tu parles toujours comme ça de toi, avec la même confiance ? demanda-t-il posément.

J'ai souri sans répondre.

— Je vais t'expliquer une chose, Mike, je suis pas un donneur de leçons mais j'ai mis tout mon cœur, toute ma vie dans ce métier, j'attends la même chose de ta part… c'est tout.

— Il m'a fallu vingt ans pour te trouver ou toi pour me découvrir, je pense que je suis prêt. Je te donnerai tout ce que j'ai dans les tripes, tu peux me faire confiance.

Il m'a longuement regardé.

— Je te crois, conclut-il simplement.

*

Deux semaines passèrent et je travaillais dur jour après jour, mais avec un plaisir infini. Qu'il était bon de retrouver un sens à sa vie, de se donner à fond à sa passion.

La plus grande chance de l'existence, c'est de faire ce qu'on aime, alors il ne faut jamais se plaindre mais tout donner jusqu'à s'y perdre. La vie est souvent si terne pour quatre-vingt-dix-neuf pour cent des gens que, si on a cette chance, il ne faut pas être avare des joies qu'elle procure et les rendre sans retenue et sans égoïsme. J'avais reçu l'incroyable cadeau de rencontrer Lucy et Jamie presque simultanément. La vie est faite ainsi, tout arrive en même temps, le bon comme le mauvais. Le mauvais, j'en avais eu ma dose, et je regardais sereinement le bel avenir qui s'ouvrait devant moi.

Nous étions allés nous balader avec Lucy près du lac aux canards de notre pique-nique. Elle était assise sur le guidon de ma bicyclette et riait aux éclats tandis que je feignais de ne plus avoir de freins dans la descente qui nous rapprochait de plus en plus vite de l'étang.

Je suis entré dans l'eau sans m'arrêter, je connaissais bien ce petit étang. À certains endroits, il était peu profond. Nous l'avons traversé dans une impressionnante gerbe d'écume qui nous a éclaboussés. Que c'était bon de rire, de retrouver ces moments d'insouciance enfantine. Alors que nous avions presque atteint la berge opposée, nous nous sommes regardés, et le fou rire qui nous a pris à ce moment-là nous a fait basculer pour nous faire tomber le cul dans l'eau.

Nous ne pouvions plus nous arrêter de rire. Prince aboyait de l'autre côté du rivage. Nous nous sommes relevés, sous le regard des promeneurs un peu interloqués par ces adultes qui s'amusaient comme des mômes, et sommes sortis de l'étang pour nous allonger, encore hilares, sur l'herbe au bord de la pièce d'eau.

Nous étions essoufflés et heureux. Lucy a enlevé sa chemise et l'a posée par terre. Elle portait en dessous un tee-shirt où était inscrit « For your eyes only ». Elle a fait mine de l'enlever, avant d'éclater de rire devant mon regard surpris. Prince s'approcha et gambada autour de nous, puis s'installa tranquillement à l'ombre d'un arbre.

Je sortis ma flasque et en bus une bonne gorgée, j'en proposai à Lucy.

— Non merci, fit-elle, tu sais, c'est peut-être un signe.

— Un signe de quoi ?

Elle désigna l'étang.

— Que tu devrais te mettre à l'eau…

— Mais j'en sors justement.

— Je ne parle pas de ça, Mike, dit-elle soudain sérieuse, c'est pas bon de boire tout le temps et en plus ça t'amène quoi ?

— Une sécurité peut-être.

— J'aimerais que ce soit moi, ta sécurité. Je ne te demande pas d'arrêter, je te dis seulement que ce n'est pas toi, tu es plus fort que ça.

Je savais qu'elle avait raison, qu'il était temps de passer à autre chose. Je n'avais plus le besoin, ni l'envie de combler mes manques par l'alcool, mais était-ce aussi facile ?

— Je vais essayer, dis-je en remettant ma flasque dans ma poche.

— Si tu as besoin, je suis là.

— Je sais, ma Lucy, et j'aime que tu sois là.

— Pas assez pour arrêter, visiblement.

— C'est pas aussi simple que ça. Qu'est-ce que tu cherches ? Tu veux me changer, transformer en trois semaines une vie qui n'existe plus depuis vingt ans ? Je suis bien, je suis heureux, profitons-en.

Elle me regarda, les larmes aux yeux.

— Je veux le meilleur pour toi, tu le mérites.

— Je l'ai, le meilleur, je t'ai, toi.

On s'est embrassés pendant un long et merveilleux moment. Quand ce fut fini, Lucy me souffla :

— C'est difficile à gérer.

— Quoi ?

— Le fait qu'entre nous ça semble si évident.

Nous sommes repartis à pied en poussant le vélo. Prince nous suivait, joyeux. C'était un chien incroyable qui ne demandait jamais une attention particulière. Il était juste heureux d'être là.

Nous sommes allés dîner après avoir laissé Prince et mon vélo à l'appartement. Il était tard et nous étions seuls à la terrasse du restau. Bien qu'amicale, l'attitude du serveur nous fit comprendre qu'il aurait bien aimé fermer l'établissement et rentrer chez lui. J'ai raccompagné Lucy à sa voiture. On s'est embrassés.

— On s'appelle demain, lui dis-je tendrement.

— Ou plus jamais... ou dans deux semaines...

Je l'attrapai à bras-le-corps et la serrai à l'étouffer.

— Imbécile, essaie, je saurai toujours te retrouver.

— Tu ne sais même pas où j'habite.

— Non, mais je sais où tu travailles, je sais où vit Darren, tu ne peux plus m'échapper.

— C'est vrai, je suis coincée. Je n'ai plus le choix que de te voir et te revoir. À demain. Travaille bien.

— Salut, ma Lucy.

Elle est montée dans sa voiture et a tourné le coin de la rue. Je suis rentré, je suis allé promener Prince et j'ai un peu travaillé. Mon piano, arrivé depuis deux semaines, prenait de la place mais habillait la pièce. Il en occupait à lui seul la moitié.

À un moment, j'ai attrapé ma flasque, je l'ai regardée et, sans boire, je l'ai remise dans ma poche.

*

Lucy et Darren s'étaient retrouvés devant Crate & Barrel. Darren avait le teint rose des gens qui sortent de l'insitut de beauté. Elle lui fit une grosse bise sur sa joue de bébé et ils se mirent à marcher sur Beverly Drive.

— Alors, comment était le spa ?

— L'habituel masque au concombre, enveloppement corporel, bouffe sans saveur, un peu comme les clients. Bien que le maître nageur qui s'appelle Juan Carlos soit…

Darren arrêta sa phrase et regarda Lucy.

— Quoi…, fit-elle.

— Tu irradies de bonheur.

— Je suis heureuse, très heureuse.

— Y avait pas ça en vente, au spa. Donc tout va pour le mieux.

— Il est tellement spécial, Darren, attentionné, doux. Quand je suis avec lui tout a l'air si…

— Juste ?

— C'est ça, l'accord parfait.

— Et au pieu, c'est toujours au top ?

— Tu es horrible, tais-toi.

— Je vis mes fantasmes à travers toi.

— On dîne ce soir avec mon père.

— Ouh là...

— Comment tu crois que ça va fonctionner ?

— Écoute, en tenant compte du fait qu'il ne vient pas d'un milieu riche, qu'il n'a jamais été dans les meilleures universités, qu'il n'est pas membre d'un club de tennis de renom ou du golf de Los Angeles et qu'en plus il est musicien, je pense que cette soirée sera, au choix, horrible ou désastreuse.

— Pourquoi ai-je fait ça ?

— On en a déjà parlé, c'est ta vie, Lucy, vas-y à fond. Si Mike est le bon, tu dois te foutre de ce que les gens pensent, y compris ton père.

*

Lucy est passée me prendre à 18 heures. Je m'étais habillé un peu mieux qu'à l'accoutumée. Je m'étais même fendu d'une veste bleu marine et d'une paire de chaussures neuve. Jamie m'avait fait une petite avance.

Elle conduisait vite. Il faut dire qu'avec une Audi A8 ce serait dommage de conduire lentement. À mon avis, elle était nerveuse.

— Ralentis, tu vas nous tuer avant qu'il puisse le faire.

— Excuse-moi, je suis un peu stressée. Mon père est un mec bien mais dur. Il peut faire peur parfois.

Lucy se demandait pourquoi elle emmenait Mike le voir. Avait-elle vraiment besoin de la bénédiction paternelle ? Avait-elle vraiment besoin de prendre le risque, couru d'avance, qu'il le rejette totalement, offrant ainsi à sa fille l'excuse de quitter la maison avec toutes les culpabilités qui l'accompagnent ? Elle ne savait plus. De toute façon, il était trop tard pour reculer.

Elle s'arrêta devant une immense grille surmontée de deux aigles, et salua le vigile à l'entrée :

— Bonsoir, Miss Lucy.

— Bonsoir, John.

Il appuya sur un bouton et l'imposante grille s'ouvrit. Lucy s'engagea sur une allée qui me parut interminable.

— Merde, fis-je, impressionné.

— Qu'est-ce qu'il y a, Mike ?

— Attends, arrête-toi, arrête-toi.

Lucy stoppa la voiture. Je sortis ma flasque :

— Excuse-moi, mais là, j'en ai vraiment besoin… je ne pensais pas que ça serait…

— Quoi ?

— Si…

— Intimidant ?

— Ouais, c'est ça, si intimidant.

— Viens, fit-elle, ça va aller. Ce soir tu peux boire tout ce que tu veux, je comprendrai.

Nous nous sommes garés devant l'impressionnante façade du palais qui m'avait l'air aussi grand que la Maison-Blanche.

— Fichons le camp, lui dis-je.

Elle me prit gentiment la main :

— C'est pas un ogre.

Un majordome descendit l'escalier et ouvrit la portière de Lucy :

— Mademoiselle Lucy.

— Bonsoir, Marvin, voici Mike.

— Bonsoir, fit Marvin en inclinant la tête. Votre père vous attend dans le petit bar.

Nous pénétrâmes dans un véritable château non seulement par la taille, mais en raison de l'aspect monumental des plafonds, des tableaux, du mobilier, des boiseries, du décor en général. Nous devions marcher depuis une bonne minute quand nous pénétrâmes dans un « petit » bar où mon appartement aurait pu tenir vingt-cinq fois. Un homme se tenait face à la fenêtre, devant un parc plus grand que le jardin public de Los Angeles.

— William ? fit Lucy.

Son père se retourna. Il nous regarda et me scanna des pieds à la tête. Il embrassa sa fille sur la joue.

— Je te présente Mike Wilson, mon père, William Lawton.

Il me tendit la main.

— Ravi de vous rencontrer, monsieur Lawton, fis-je, certain que son plaisir n'était pas partagé.

— Vous buvez quelque chose ? fut sa seule réponse.

Je regardai Lucy qui approuva de la tête.

— Un whisky… double… sans glace…, s'il vous plaît.

William eut un geste en direction de son barman et me fit signe de m'asseoir. Il s'installa à son tour dans un fauteuil. Lucy resta debout. Le barman de la maison nous apporta nos verres. William Lawton leva le sien d'un geste sec, je levai le mien et bus une bonne gorgée.

— Magnifique maison... que vous avez... là.

C'était aussi bête que si j'avais dit « Quelle belle journée » en étant aveuglé par un violent soleil.

— Merci, grommela William. Alors Lucy me dit que vous êtes musicien.

— Oui, monsieur.

— Mon père est aussi un peu dans la musique, dit Lucy.

— Ah bon ? fis-je, réellement surpris.

William eut un sourire constipé :

— Oui, très peu, petite affaire sans grand intérêt.

Ça commençait bien.

— Je reviens, dit Lucy, je vais voir si tout va bien en cuisine. C'est moi qui prépare le rôti et, si on ne l'arrose pas, il devient sec.

Lucy me laissait seul. Je sentais que c'était peut-être mieux ainsi. Si ça devait mal se passer avec son père, ça lui épargnerait l'embarras de vivre ce moment avec nous. Et peut-être voulait-elle simplement nous laisser nous découvrir d'homme à homme.

— Vous ne le saviez pas ?

— Euh... non... je suis pas très cuisine, alors... Je savais qu'il fallait arroser les fleurs, fis-je de plus en plus bêtement, mais pas les rôtis...

— Ce n'est pas de ça que je parlais... vous ne saviez pas que j'étais dans la musique ? dit-il, cassant.

Ça allait de mieux en mieux. Si j'avais pu me réduire à l'échelle de nain de jardin, ou devenir un fantôme, je l'aurais fait instantanément.

— Non, monsieur, je l'ignorais.

William me jaugea, imperturbable.

— Vous n'êtes pas le premier, vous savez.

— Le premier quoi ?

— La première personne qui essaie de m'approcher à travers Lucy.

— Je ne suis pas sûr de bien comprendre, monsieur Lawton.

— J'aime ma fille, monsieur Wilson, je n'ai plus qu'elle. Je ne veux pas que quelqu'un abuse d'elle à des fins personnelles.

J'avais vraiment envie de me lever et de partir. Ce mec n'était pas seulement égoïste, c'était une pierre dure et brute. Mais Lucy réapparut :

— Ça va être prêt. (Elle nous regarda.) Tout va bien ?

— Très bien, ma chérie. Je crois que M. Wilson et moi commençons à très bien nous comprendre.

L'essentiel du dîner se résuma à un discours du père de Lucy sur la vie et sur le fait qu'il fallait faire les choses avec réflexion et ne pas s'emballer sans savoir dans quoi on s'engageait que ce fût sur le plan professionnel ou affectif. Il faisait passer son message. Il raconta comment la mère de Lucy et lui s'étaient trouvés, découverts, appréciés, avant de se jeter dans leur histoire d'amour mûrement réfléchie. Je n'avais décidément rien en commun avec ce mec et fus soulagé lorsqu'il se leva pour aller se coucher :

— L'avenir appartient à ceux qui se lèvent tôt, déclara-t-il, vous devriez en faire autant, monsieur Wilson. Je vais vous faire raccompagner.

— T'inquiète pas, William, je m'en occupe, dit Lucy.

— Non, fit-il fermement, j'ai besoin de te parler.

C'était clair.

— D'accord..., concéda-t-elle, un peu résignée.

Il se leva, signifiant du même coup qu'il était temps pour moi d'en faire de même. Nous nous sommes serré la main. Sa froideur était évidente. Lucy me raccompagna sur le perron :

— Ça va ? Tu étais très silencieux, ce soir...

— Je suis fatigué, c'est tout.

Elle savait très bien qu'il y avait autre chose.

— Mike... tu ne dois rien me cacher s'il y a quelque chose, tu dois m'en parler.

Je l'ai regardée un peu tristement :

— Je ne veux causer aucun problème.

Elle me fixa si intensément que je finis par lui raconter la conversation que j'avais eue avec son père avant le dîner et combien ses sous-entendus m'avaient blessé. Il m'avait jugé sans savoir combien je me foutais de son argent.

— J'aurais préféré ignorer qui tu étais réellement. Je savais que tu étais d'un autre monde que le mien, mais pas à ce point-là.

— Oh, Mike, dit-elle en me prenant dans ses bras, ne laisse pas des choses comme ça nous atteindre. Ce que nous vivons est à mille lieues de ce qu'il peut comprendre. Fais-moi confiance.

Je l'ai serrée très fort contre moi et lui ai souri. Le chauffeur m'attendait au bas des marches et son père devait s'impatienter à l'intérieur. Je montai. Le chauffeur ferma la portière et la voiture démarra. Je jetai un dernier regard à Lucy qui agitait sa main. Elle avait l'air si petite et si fragile devant cette façade monumentale. Je l'ai plainte à ce moment-là, sa vie n'avait pas dû être facile. Je la trouvais courageuse, elle forçait mon admiration. Elle avait raison : ce que pensaient les autres n'avait aucune importance. Son père avait tout, mais en réalité il n'avait rien, sauf peut-être l'amour de sa fille qu'il voulait à tout prix préserver, monopoliser, mais qu'il ne pourrait jamais contrôler. J'avais confiance car je savais que ce que nous vivions, Lucy et moi, était au-dessus de toute réussite matérielle et humaine, nous possédions quelque chose d'unique et rien ni personne ne nous empêcherait de le vivre.

*

Lucy débarqua dans le petit bar comme une furie. Son père était là, cigare à la bouche et un verre de cognac à la main :

— Comment as-tu osé... ? Ne prends pas ta tête d'innocent, ça ne fait qu'accentuer ta culpabilité. Mike m'a tout raconté... comment as-tu eu le culot... ?

— J'essaie de te protéger c'est tout, dit-il calmement.

— Non, tu essaies de me contrôler... comme tu l'as toujours fait.

— Lucy, c'est un musicien.

— Et alors... ?

— Je connais ces gens, dans la quarantaine, musiciens ou pas, qui n'ont encore rien fait de leur vie et qui tombent sur la perle rare qui leur assurera la sécurité matérielle. Ils sont sans scrupule, sans talent, des rêveurs, des petits voyous, qui feraient n'importe quoi pour arriver à leurs fins... Ce sont des losers.

— Je suis désolée qu'il ne corresponde pas à ce que tu espérais pour moi, mais il est honnête, bien attentionné, gentil, il a une douceur et une joie de vivre que tu devrais prendre en exemple, ça te rendrait plus humain.

— Il t'utilise...

Lucy le regarda, attristée :

— Pourquoi est-ce si difficile pour toi de penser que quelqu'un puisse s'intéresser à moi simplement pour ce que je suis ?

William n'avait aucune réponse à cet argument. Lucy lui jeta un regard triste, déçu, et sortit de la pièce.

*

Lucy avait débarqué chez Mike. Elle frappait chez lui depuis quelques minutes déjà mais il ne répondait pas. La voisine de palier entrebâilla sa porte et demanda :

— Vous cherchez Mike ?

— Oui, fit-elle un peu inquiète.

— Il est sur le toit.

Son cœur se mit à battre très fort, elle était soulagée de savoir qu'il était là. Elle monta l'escalier, ouvrit le portillon qui donnait sur la terrasse. Il était assis sur le parapet et contemplait la vue. Il prit une gorgée de sa flasque. Prince s'approcha de Lucy et lui lécha la main. Elle lui caressa la tête. Les chiens ont un besoin constant d'être rassurés, de savoir qu'on les aime, même si leur présence apaisante est souvent surtout utile à l'être humain.

— Je suis désolée pour ce soir, murmura-t-elle.

Mike sourit et baissa la tête.

— Je pense que si j'étais ton père et qu'un clodo de musicien débarquait chez moi en étant en plus la personne que ma fille fréquente, j'aurais la même réaction.

— Je ne crois pas que tu sois comme ça... À quoi tu penses ?

— J'ai l'habitude de m'asseoir ici, de réfléchir à mon existence, à ma musique et à toutes les choses que j'aurais pu faire dans cette vie... comment je m'y suis perdu... avant de te rencontrer...

Lucy restait immobile, touchée par ces quelques mots simples.

— Ce soir, pour la première fois depuis longtemps, je me suis mis à revoir mes rêves passés et à y croire de nouveau. Mais je ne peux plus les imaginer seul. Ils n'ont aucune importance si tu n'es pas là avec moi pour les partager.

*

Je me suis levé et me suis approché de Lucy. J'ai pris son visage entre mes mains et j'ai regardé ses jolis yeux de petite fille incrédule, triste, un peu perdue.

— Je t'aime, Lucy.

Elle me regarda. Ses yeux commençaient à s'embuer. Une larme coula sur sa joue et elle sourit, un grand sourire :

— Excuse-moi, dit-elle en reniflant bruyamment, ce qui la fit carrément éclater de rire. Je t'aime aussi, mais je t'aime trop et je ne veux pas t'aimer trop.

Je l'ai contemplée sans comprendre.

— Je veux garder un peu de place pour t'aimer encore plus.

Je l'ai prise doucement dans mes bras et je l'ai serrée contre moi. Nous sommes restés là. Plus rien n'existait. On dit que les gens qui s'aiment sont seuls au monde, eh bien, c'est vrai, on n'est plus attaché à rien sauf à l'être aimé et on flotte entre ciel et terre.

— C'est si bon, je suis avec toi, murmura-t-elle.

Et nous nous sommes envolés.

Le lendemain, j'ai joué du piano à la maison, puis j'ai retrouvé Lucy sur la promenade du bord de mer à Santa Monica. On a loué des rollers et on est allés se balader sur la petite route qui borde l'océan. Enfin ! se balader, c'est un bien grand mot. Lucy était bien assurée sur ses jambes, alors que j'avais l'aisance d'un singe à qui on aurait mis des patins. J'essayais tant bien que mal d'avancer, d'une manière très pataude et mal assurée, mais je tombais si souvent que, sans mes protections, je me serais retrouvé directement à l'hôpital. À chacune de mes chutes, Lucy était prise d'un fou rire incontrôlable. Elle m'aidait à me relever, mais on riait tellement que nous nous retrouvions par terre presque aussitôt. Lorsqu'on se remettait debout, je m'appuyais sur Lucy qui patinait en arrière en me tenant les mains et m'indiquait ce que je devais faire avec mes pieds.

— Tu fais un mouvement de côté avec le gauche, puis tu pousses et tu mets le droit en avant et ainsi de suite. Allez ! Tout seul... Gauche, droit, gauche, droit...

Tout allait bien jusqu'au moment où elle me lâchait. J'avais l'équilibre d'un âne sur une corde raide. Mes bras chassaient l'air d'avant en arrière, et patatras, un coup sur les fesses, un coup sur les bras, un coup sur le côté. Lucy virevoltait autour de moi, avec l'agilité d'une patineuse professionnelle. Puis elle me rejoignait et me relevait.

— Allez, on continue, tu es doué ! me lança-t-elle, mutine.

— Tu trouves... ?

— Ça demandera un peu de travail mais je te vois assez bien au Championnat du monde en 2068.

— Espèce de... garce, lui dis-je en essayant de l'attraper.

Elle se mit à patiner en arrière, j'essayais de la suivre, bien décidé à m'accrocher. J'en avais marre de tomber. J'avais sûrement l'air très drôle, un peu comme les gens qui font du ski pour la première fois, le cul bien en arrière, les bras s'agitant dans tous les sens pour essayer de maintenir un équilibre précaire, la bouche ouverte avec le regard de panique de celui qui sait qu'une fois lancé, le seul moyen qu'il a de s'arrêter consiste à se casser la gueule, rentrer dans quelqu'un ou rencontrer un obstacle comme un arbre ou un poteau.

Lucy riait de plus belle et j'en rajoutais, j'aimais la faire rire. De temps en temps, elle regardait derrière elle pour ne pas percuter quelqu'un, mais bientôt elle rata le virage qu'elle n'avait pas vu et se retrouva sur la plage à quatre pattes. Je tenais ma revanche, j'arrivai à fond de train et piquai du nez à côté d'elle. Riant aux éclats, on s'est enlacés et on a fait des roulades sur le sable. Tout était bon, enfantin, gai, heureux, insouciant.

Nous avons enlevé nos patins, nos vêtements, nous avions nos maillots de bain en dessous, et nous avons fait la course jusqu'à l'océan. J'étais en tête de dix bonnes longueurs.

— Le premier arrivé est un enfoiré ! me cria-t-elle.

Je me suis retourné et j'ai hurlé :

— Je suis un enfoiré !

Et je me suis jeté à l'eau. Elle m'a rejoint.

— T'es vraiment un enfoiré, me murmura-t-elle à l'oreille en m'enlaçant. T'as de la chance, je n'aime que les enfoirés.

— Pourquoi, t'en as connu beaucoup ?

— Que ça... !

— C'est-à-dire combien ?

— Eh ben... une bonne centaine...

— Mais t'es une vraie salope !

— Une salope et un enfoiré, nous sommes un couple parfait.

On a rigolé.

— Je t'aime.

— Moi aussi, mon amour.

Dieu, que ce mot si fort était doux. Nous nous sommes mis à jouer comme des dauphins. Puis on s'est allongés sur la plage, juste au bord de l'eau. Les vagues nous berçaient et nous donnaient le tournis lorsque la mer se retirait. C'était trop bon.

Le soleil se couchait et nous nous promenions main dans la main sur les planches du Santa Monica Pier où la fête foraine habituelle battait son plein.

J'ai essayé de gagner un ours en peluche géant pour Lucy en tirant sur des cibles mouvantes à la carabine à plomb. Je n'ai touché que trois cibles et n'ai rien gagné.

— À mon tour maintenant.

Elle fit mouche à tous les coups et gagna l'ours, qu'elle m'offrit :

— Tiens, Lucky Luke, ça te tiendra chaud quand je ne serai pas avec toi.

— J'ai Prince quand t'es pas avec moi, Calamity Jane. Je pense que c'est le genre d'objet qui pourrait faire plaisir à ton père, dans ses conseils d'administration.

Elle éclata de rire :

— Bonne idée, je lui dirai que c'est un cadeau de toi !

Nous sommes allés dîner, Lucy, l'ours et moi. Nous étions comme d'habitude les derniers, perdus dans une grande conversation, tirant des plans sur la comète. L'ours nous regardait, c'était le médiateur de la conversation.

— Au début, on pourrait rester dans mon appart, bien que ce ne soit pas vraiment à la hauteur de ton train de vie...

— Qu'est-ce que tu connais de mon train de vie ?

J'ai souri.

— Donc nous pourrions commencer à vivre chez moi et, lorsque j'aurai décroché un premier cachet, trouver un truc plus grand.

— J'ai de l'argent et nous pourrions emménager directement dans un endroit plus adapté à mon statut.

— N'imagine pas que je vais me laisser entretenir.

— Ça serait rigolo, généralement ce sont des vieilles qui entretiennent des jeunes, là c'est une jeune qui entretiendrait un vieux.

— Je te rappelle que je n'ai que dix ans de plus que toi et que, c'est prouvé scientifiquement, les hommes vieillissent beaucoup mieux que les femmes. Si j'étais toi, je ferais attention, car, dans dix ans, tout ça, fis-je en désignant son corps parfait, pourrait s'affaisser rapidement suivant la loi de la gravité.

— Salaud, lâcha-t-elle en riant.

— Embrasse-moi.

Elle se pencha en avant et me donna un baiser.

— Encore…, lui dis-je en me levant.

Je fis le tour de la table et m'assis à califourchon sur ses genoux. J'embrassai ses yeux, son front, sa bouche, son cou.

C'est le toussotement du garçon qui nous rappela que nous étions dans un endroit public, même s'il n'y avait personne :

— Nous allons fermer, ajouta-t-il, gêné.

On a payé et nous sommes sortis, en lui laissant l'ours comme pourboire.

*

Si je devais décrire la vie que nous menions, Lucy et moi, je choisirais le mot « filer ». Notre vie filait à une vitesse tellement folle que nous ne la contrôlions même plus. Nous étions bien sûr parfois en désaccord, mais c'était toujours sans grande importance. Nous étions complémentaires, et nous arrivions toujours à nous entendre. Pourtant, elle avait son caractère et moi le mien. Alors on se faisait la gueule pendant quelques heures et puis après on ne savait plus comment faire pour nous raccommoder. On se croisait en faisant semblant de ne pas se voir jusqu'à ce que le plus intelligent de nous deux prenne l'initiative de serrer l'autre dans ses bras. On ne vivait pas encore ensemble mais c'était tout comme. Elle n'avait bien évidemment pas reçu la bénédiction paternelle.

Moi, je travaillais mon piano d'arrache-pied et, entre l'arbre de Noël qu'elle avait dressé dans un coin du salon et le piano qui prenait la moitié de la pièce, sans compter Prince, nous étions un peu à l'étroit mais heureux, tellement heureux.

Je pratiquais mes gammes, ma dextérité revenait vite. Je crois que le talent, le vrai talent, n'est pas quelque chose que l'on apprend. Il est en vous dès le début, il vient du cœur mais aussi du travail. Par contre, la technique est un instrument qu'il faut utiliser mais dont il ne faut jamais dépendre, un peu comme l'argent.

*

J'étais au piano, je jouais le *Concerto n° 2 en C mineur* de Rachmaninov, un compositeur qui est loin d'être simple, mais qui permet de laisser aller la fougue, la folie, la démesure, avec une énergie qui oblige un complet oubli de soi-même.

Si l'on n'est pas complètement immergé lorsqu'on joue un morceau aussi compliqué, si l'on sort de son état ne serait-ce qu'un dixième de seconde, c'est le dérapage et c'est irrattrapable. J'entendis la voix de Jamie dans la cabine de contrôle.

— Reprends tout depuis le début. C'est pas mal, mais ça manque de fluidité. Attaque avec plus d'énergie. Tu penses et ça se sent.

Et je recommençais. J'étais en nage, mais je prenais un plaisir incroyable. En plus, Lucy, qui ne venait bien sûr pas tous les jours, était là. J'avais appris que son père était le patron du Studio Vision Classique Record quelques semaines auparavant. C'est Jamie qui me l'avait dit lorsque je lui avais présenté Lucy. Je comprenais mieux son attitude lors de notre première rencontre. Et je m'en fichais, je ne l'avais pas revu depuis. Nous n'en avions d'ailleurs jamais vraiment reparlé avec Lucy. Mon producteur, mentor, celui qui m'avait trouvé, fait confiance, c'était Jamie.

Je donnais tout ce que je pouvais. J'essayais chaque fois de pousser mes limites, de faire évoluer ma musique, j'avais tellement de temps à rattraper. J'avais parfois l'impression que je n'y arriverais jamais. Rien n'était suffisamment bien pour Jamie. Cherchait-il mon point de rupture ou voulait-il simplement avoir la confirmation que j'étais à la hauteur du pari qu'il avait pris ? C'était la deuxième chance de ma vie, et je n'allais pas la laisser échapper, cette fois.

— On fait un break, annonça-t-il à travers le micro. C'est mieux, Mike. On y arrive doucement.

Je les ai rejoints dans la cabine du studio, Lucy m'a tendu une bouteille d'eau. Eh oui, je buvais de l'eau depuis plusieurs semaines maintenant et j'avoue que j'avais les idées beaucoup plus claires.

Lucy me fit un bisou. Elle avait un rendez-vous de boulot et, ce soir, elle dînait avec son père.

— C'est magnifique ! me dit-elle.

— Tu dis ça parce que tu m'aimes, mais si tu t'y connaissais, tu verrais que ce n'est pas trop mal, mais sans plus. Demande à Jamie.

— Pardon ? dit Jamie qui était perdu dans ses pensées.

— Non, rien. On y retourne ?

— Pas tout de suite, on va d'abord discuter un peu.

Lucy nous laissa. Jamie me détailla mes défauts. Avec des gestes de pianiste, il décrivait les moments d'attaques, de retenues, de douceur, d'agressivité. Ce mec connaissait la musique et exposait les choses avec la simplicité des grands. Les grands savent expliquer ce qui va et se taire lorsqu'il n'y a rien à dire. Ce sont les défauts qu'il faut corriger pour améliorer la performance. Et c'est là où Jamie était bon, il ressentait les imperfections et savait comment les rectifier.

Combien de chevaux de course ont été donnés pour condamnés jusqu'à ce qu'un entraîneur remarque quelque chose de spécial, de différent chez l'une de ces bêtes en route pour l'abattoir, pour en faire, à force d'amour et de croyance dans leur instinct, l'un des plus grands cracks.

Combien d'élèves, annoncés comme cancres, sont devenus de grands scientifiques, mathématiciens, politiciens, et j'en passe par respect pour Einstein, simplement parce qu'un prof un peu plus attentif que les autres aura remarqué que l'élève n'était pas à sa place parce qu'il était justement trop doué ?

Je ne dis pas ça pour moi mais pour Jamie, il était attentif au moindre détail. Comme il me l'avait dit, son cœur était dans son métier et son métier, c'était la musique.

*

Quand Lucy arriva au club privé dont son père était membre depuis trente ans, les majordomes à l'accueil la saluèrent avec respect mais assez froidement. Les femmes n'avaient été acceptées dans ce club très sélect que dix ans auparavant, ce qui prouve bien que le sexe masculin est rempli d'hypocrisie et de peur, donc de contradictions. Hypocrisie, car les hommes convoitent les femmes et les baisent dans la plus grande discrétion, voire dans la honte d'être un jour découverts. Peur, car la femme, du fait de cette convoitise sexuelle que peu d'hommes peuvent réfréner, hérite d'un pouvoir de chantage qui a parfois mené la politique, la finance et le monde en général à des catastrophes physiques et morales.

Lucy n'aimait pas ce club, elle s'y sentait mal à l'aise et jugée. Mais elle était au moins la « fille de », ce qui lui permettait de garder sa dignité.

William était assis dans son box habituel et lisait un journal financier. Elle s'assit. Il plia son journal.

— Ça va, père ?

— Lucy. (Il la regarda.) Ça fait longtemps que tu ne m'as pas appelé père.

Le serveur s'avança.

— Amenez de l'eau minérale pour ma fille, dit William Lawton d'un ton autoritaire, et un scotch pour moi.

— Et un verre de vin blanc, ajouta Lucy.

— Comment va ton business ?

— Bien.

— Roger Burke cherche une nouvelle maison. Sa secrétaire va t'appeler.

Roger Burke, c'était le Bill Gates du software en ligne et il y avait fort à parier qu'il n'était pas à la recherche d'un mobil-home au camping des flots bleus.

— Merci, dit Lucy simplement.

Le serveur posa les verres et la bouteille d'eau sur la table. William avala la moitié de son scotch.

— Alors, vu le peu de temps que tu passes à la maison, j'imagine que tu vois toujours ce... musicien ?

— Il s'appelle Mike.

William reprit une gorgée de son whisky.

— Au ton de ta voix, je comprends donc que tu le vois toujours.

— C'est un mec génial. Si seulement tu lui donnais une chance...

William la coupa.

— Lucy, aucun père ne renonce à ce qu'il y a de mieux pour ses enfants. C'est ce que je veux pour toi.

— Et ton critère du mieux dépend de ce qui te convient ou de ce qui me correspond et me rend heureuse ?

— Ce... Mike ne peut pas t'apporter ce que tu désires profondément.

— Si, William. Ce qui t'embête, c'est qu'il n'est pas du même milieu, qu'il est pauvre et qu'il a dix ans de plus que moi.

Lucy aurait voulu se lever et partir mais son père se pencha vers elle :

— Qu'est-ce qui te plaît chez lui ?

— Il est gentil, attentionné, délicat. Il me donne ce que j'ai rêvé d'avoir toute ma vie... de l'amour.

William la regarda, profondément blessé par cette phrase.

— Pourquoi n'arrives-tu pas à être heureux pour moi ?

— Je ne veux que ça, Lucy, mais je ne pense pas que tu le seras avec lui.

— Je n'ai jamais été aussi heureuse.

— Tu vis un moment... (William hésita) de bonheur, très bien, mais une vie n'est pas basée sur un instant d'inconscience. La route est longue, regarde devant, plus loin. Où en serez-vous dans un an, dans cinq ans ? Qu'est-ce qu'il peut te donner ?

— Je te l'ai déjà dit, de l'amour...

— L'amour ne paie pas les factures.

Lucy le fixa, déçue et surtout triste.

— Pour toi, tout revient systématiquement à l'argent.

— Je suis simplement pratique. Et je ne te laisserai pas ruiner ta vie.

— C'est ma vie, dit-elle en haussant la voix.

Les membres de ce club si chic se retournèrent. Lucy ne voulait pas embarrasser son père. Elle ajouta plus bas :

— Et je ne vivrai pas ma vie en fonction de la tienne. Je vais vivre avec lui et chez lui.

— Tu fais une grave erreur.

— Alors, ça sera mon erreur.

— Je te préviens, Lucy, si tu fais ça...

Lucy le coupa :

— Ne termine pas ta phrase. Ne dis pas quelque chose que nous regretterions tous les deux.

Lucy se leva.

— Tu m'as tout donné. Une belle maison, des voitures, des domestiques, de l'argent, du travail, une éducation, tout sauf de la compréhension... et c'est ce que je te demande... simplement que tu me comprennes.

Lucy avait les larmes aux yeux et elle quitta cet endroit austère, froid et sans âme. William la regarda partir, son statut social l'empêchait de se lever, de la rattraper, de la serrer dans ses bras. Il fixa tristement son verre, reprit une gorgée et se replongea dans son journal.

*

Lucy m'avait raconté la soirée. Elle était bouleversée car bien sûr elle aimait son père, mais elle voulait qu'il accepte la relation que nous vivions. Je la regardais dormir. C'était joli, son petit nez, ses lèvres, son sourire enfantin. Ce qui est génial, dans le sommeil, c'est que tout adulte, même le plus sérieux, a une tête d'enfant, de bébé même, ce qui vous donne une idée de ce qu'il faudrait être quand on est réveillé. Rester des grands enfants, des rêveurs, des imaginatifs, des constructeurs de châteaux pour les fées, les princesses et les sorcières, des entrepreneurs de projets insensés, que seuls notre imaginaire et notre foi dans l'impossible pourront nous permettre de réaliser.

Je contemplais donc ma princesse de conte de fées, et je l'aimais. Elle se réveilla et sourit :

— Qu'est-ce que tu fais ?

— Je te regarde.

— Pourquoi ?

— Parce que c'est joli.

— Ouais, mais le sommeil et les rêves, c'est privé.

— Je ne rentre pas dans tes rêves, je rentre dans ton côté paisible.

— Et tu fais ça souvent ?

— Tout le temps.

— Et tu penses quoi ?

— Que jamais la musique ne pourrait décrire ce que je ressens pour toi.

Lucy me caressa doucement le visage.

— Tu nous vois dans trente ans ?

— Je nous vois pour la nuit des temps, avec les jours en plus.

— Et si ça changeait ?

— Ça ne changera pas.

— T'es bien sûr de toi.

— Ouais... y a pas plus important.

— Et la musique alors ?

— Toi avant la musique.

— Mais c'est ça que tu préfères au monde.

— Non, c'est toi que je préfère à tous les mondes.

— De quel monde es-tu, Mike ?

Je lui ai tout raconté. Ma jeunesse, ma carrière, les choses qui n'avaient pas tourné comme prévu. La mort de ma mère et la descente aux enfers. Ma culpabilité et le fait que je n'avais jamais eu le courage d'accepter que je n'y étais pour rien.

Lucy me caressa la joue, elle parla de sa vie.

Elle a souri et m'a embrassé.

*

J'interprétais l'*Opus 16* d'Edvard Grieg. Je terminais le morceau. La voix de Jamie résonna dans la pièce :

— Pas mal.

— T'es sympa, ce matin. Venant de toi, je prends ça pour un super compliment.

— Mets ton ego de côté. Pas mal, ça veut simplement dire que c'est OK, sans plus.

Je lui ai souri, je commençais à bien le connaître. Il m'a regardé, a levé son pouce et l'a un peu incliné horizontalement pour appuyer sa phrase, ce qui voulait dire qu'il n'était pas pleinement satisfait.

C'est à ce moment que trois personnes ont débarqué dans la cabine d'enregistrement. Il y avait deux personnes que je ne connaissais pas. La troisième n'était autre que le père de Lucy. À travers la vitre, il m'a fait signe de venir les rejoindre. Je suis entré dans la pièce. William m'a fixé sans rien dire et a fait un signe de la tête vers un mec, pour lui donner l'autorisation de parler. On se serait crus dans une scène du *Parrain*.

Franck se présenta :

— Je suis Franck Hashty, président de la division classique de Lawton Corporation. Jamie nous dit que vous êtes le « naturel », le génie des XXe et XXIe siècles. Ça doit être lourd à porter, mais on lui fait confiance, alors voilà notre proposition.

Jamie s'interposa :

— De quoi parles-tu ? Mike n'est pas encore...

— Restez en dehors de ça, monsieur Bridges, le coupa William.

Franck sortit un paquet de papier de son attaché-case et le posa sur la console.

— C'est un contrat standard avec une avance de 25 000 dollars à la signature, dit-il en me tendant un stylo.

Je regardai William Lawton.

— Pensez à votre avenir, monsieur...

Il ne connaissait même plus mon nom ou ne voulait surtout pas s'en souvenir.

— ...Wilson, lui murmura le type qui s'appelait Franck.

— Wilson, reprit William. Même si vous avez déjà entamé une bonne partie de votre avenir...

— Ça me fait plaisir qu'un homme de votre importance s'inquiète autant pour un type comme moi, lui dis-je tranquillement.

— Il y a une condition à ce contrat, répliqua-t-il, d'un ton cassant.

Jamie s'interposa à nouveau :

— Je peux savoir ce qui se passe, Franck ?

C'est William qui répondit, sans un regard pour Jamie :

— Monsieur Wilson, ma fille est une romantique. Elle pense qu'elle vous aime, je ne veux pas être le témoin de ce gâchis et je ne la laisserai pas foutre sa vie en l'air.

Je l'ai regardé fixement, sans répondre.

— Allez, monsieur Wilson, après tout, c'est ce que vous attendez depuis longtemps, c'est le moment décisif de votre vie, ça ne devrait pas être une décision très difficile, reprit-il en arrachant le stylo des mains de Franck avant de me le tendre.

— Vous avez raison, dis-je en souriant. Ce n'est pas difficile du tout.

J'ai posé le stylo, pris les contrats et les ai déchirés. William nous a tous dévisagés puis s'est tourné vers moi :

— Vous ne croyez pas que vous êtes un peu vieux pour être un concertiste à succès et que cette chance est inespérée ?

— Monsieur Lawton, ça suffit, dit Jamie, vous ne connaissez rien de Mike…

Je l'ai arrêté d'un geste :

— Monsieur Lawton, cessez de comparer le talent et l'âge, sinon, que pourrions-nous dire de vous ? Vous devriez être à la retraite, mais vos bras droits sont-ils capables de reprendre le flambeau ou font-ils partie de la zapping génération où les gens s'écroulent aussi vite qu'ils se sont construits ? Où sont les Stern, Rubinstein, Barenboïm d'aujourd'hui ?

William grimaça un sourire :

— J'espère que vous ne faites aucun parallèle entre vous et moi, et surtout que vous ne vous comparez pas à ces génies musicaux. Comme à moi, ça leur a pris des dizaines d'années pour rester au sommet. Et vous n'avez pas l'air d'être ou d'avoir été au sommet depuis longtemps !

— Le sommet se précise quand vous êtes prêt pour le sommet. J'ai peut-être été un peu retardé dans la montée.

Sa réponse fut à la hauteur du sommet sur lequel il était assis :

— Vous n'enregistrerez jamais sous mon label. C'est clair ?

Jamie eut le dernier mot, aussi simple et aussi clair que la menace de William Lawton :

— Gardez votre label, monsieur Lawton. Vous n'êtes pas seul sur le marché.

Il me prit par le bras et nous quittâmes le studio.

*

Je fermai la portière de la voiture de Lucy, sa dernière valise à la main. Elle n'en avait pas amené tellement, mais il fallait faire preuve d'une sacrée imagination pour caser trois valises pleines de fringues dans cet appartement. On s'en foutait. Le plus important était que nous habitions ensemble et pour la vie. Peut-être pas toute la vie dans ce même lieu, mais ensemble. Lucy eut un moment d'absence au beau milieu de l'escalier. Elle posa son sac et porta la main à sa tête. Elle dut même se tenir à la rampe pour ne pas tomber.

— Ça va ? j'ai demandé, inquiet.

— Oui... oui, j'ai juste mal à la tête. C'est rien.

— Ça, c'est l'excuse classique de la concubine qui, une fois installée, n'a plus de désir sexuel !

Elle me prit dans ses bras :

— C'est incroyable les bêtises qu'un homme peut dire.

— Je suis simplement conscient. Tu viens de prendre possession d'un appartement magnifique et, maintenant que tu es dans la famille Wilson, ton désir se transforme en maux de tête.

Elle me fit un gros bisou, bien mouillé. Je repris son sac et nous gravîmes les dernières marches. Elle était déjà Mme Wilson à mes yeux. Bientôt elle le serait devant Dieu, comme nous l'avions évoqué, lors de conversations enjouées où nous avions même envisagé la conception d'un rejeton avant qu'il ne soit trop tard. Surtout pour un vieillard comme moi.

Notre première nuit de concubins fut bien différente des nombreuses nuits que nous avions déjà passées ensemble. Lorsqu'une personne est installée chez vous, qu'elle est là pour y rester, il est incroyable de constater combien elle fait partie intégrante de votre vie. La vraie Lucy était là, je ne l'avais jamais vue comme ça, elle faisait complètement partie de l'espace, elle était chez elle, ce n'était plus chez moi, mais chez nous. Que ce mot était doux et tendre... « chez nous »... !

— Tu dors ? me demanda-t-elle, les yeux grands ouverts.

— Non.

— Moi non plus.

— Si tu veux, je peux aller dormir sur le canapé.

— Je suis pas sûre que ça changera grand-chose et puis je préfère être à côté de toi.

— Moi aussi, lui dis-je.

— Tu crois qu'on pourrait... ?

Elle avait raison, le célibataire endurci que j'étais avait un peu trop vécu seul. Si Prince avait compris que Lucy passerait maintenant du temps avec moi et l'avait complètement acceptée avant qu'elle emménage, il avait plus de mal à tolérer que son territoire se trouvait dorénavant envahi, occupé. C'est pour ça que nous ne dormions pas. Un caniche royal sur un lit, ça prend de la place et Prince dormait tranquillement, sans se soucier de savoir si ses colocataires étaient, eux aussi, au pays des rêves. D'une tape vaguement autoritaire, je le réveillai. Il me jeta un regard candide. D'une voix qui nous fit rire Lucy et moi, je lui dis d'aller se coucher sur le sofa. En chien bien dressé, il se rendormit là où il était allongé, c'est-à-dire avec nous sur le lit.

Lucy eut alors la bonne idée de se serrer contre moi, Prince, coincé entre nous deux, grogna doucement, se leva et s'installa confortablement sur le sofa. Nous avons alors fait l'amour.

*

J'interprétais le *Cinquième Concerto Empereur*, ou du moins les passages pour piano qui alternent douceur, colère et agressivité. J'adorais ce morceau, mais il était dangereux, car il invitait à la facilité technique tant sa musique vous transportait, tant son apparente simplicité pouvait laisser son interprète penser qu'il était proche du génie. Mais Jamie était vigilant.

— Recommence, me dit-il depuis la console d'enregistrement.

— Du début ?

— Bien sûr, du début. Tu n'es pas dans le morceau, tu es dans la facilité. Tu joues pour toi, avec perfection, je l'avoue, mais ça n'est pas suffisant. Je veux voir tes défauts, tes souffrances, ta vie à travers cette musique, ta véritable sensibilité. Il y en aura beaucoup de ces soirs où tu sortiras fatigué d'un concert, en te disant que tu n'as pas donné le maximum simplement parce que, après des dizaines de concerts, tu seras épuisé. Ces soirs-là, tu ne pourras que t'appuyer sur la technique et c'est cette frustration qui fera que le lendemain tu seras génial. Mais pour l'instant ce que je veux, c'est un don total de toi-même.

J'ai poussé un long soupir.

— Je ne serai jamais prêt. Je ne serai jamais à la hauteur de ce que tu me demandes.

— Tu le seras.

— Oui, mais quand ?

— Quand je te le dirai.

Jamie sortit de la cabine et rejoignit Mike à son piano. Il s'assit à côté de lui et le prit par l'épaule :

— Pas de défaitisme, Mike. Tu dois y croire à fond. Tu es déjà au-dessus du niveau. Il faut encore essayer d'aller plus haut. On va y arriver.

Je le regardai, lui souris, et lui fis oui de la tête.

— Allez, Ludwig, on y retourne, me dit-il en me donnant une tape amicale sur le dos.

Jamie allait sortir mais revint sur ses pas :

— Au fait, le président de World Classic vient la semaine prochaine pour t'écouter. S'il te prend, c'est gagnant gagnant, concert, DVD, la totale, quoi.

Et il quitta la pièce avant que je n'aie eu le temps de réagir à cette incroyable nouvelle. World Classic, c'était la plus grosse Major de musique classique du monde. Elle faisait paraître Studio Vision Classique comme un label débutant.

*

Mon petit intérieur commençait à prendre forme. Certains meubles avaient changé, d'autres avaient été déplacés. La table du salon était plus adaptée à l'espace exigu, il y avait de jolis rideaux, quelques affiches trouvées dans un marché aux puces étaient accrochées aux murs. Désormais, on entrait dans un vrai petit appart, habité par un couple.

J'étais en train de pratiquer mes gammes tout en regardant Lucy qui lisait sur le sofa :

— Tu sais, Lucy, dis-je d'une voix sourde, qui me parut aussitôt ridicule, tu sais, Lucy, je t'aime.

Elle rigola.

— Eh ben, j'espère bien, il ne manquerait plus que tu ne m'aimes pas.

Elle avait raison, mais j'avais besoin de le lui répéter toutes les secondes de notre vie. Peut-être pour me rassurer moi-même sur la véracité de ce mot très simple mais qui veut dire tellement. Je pense surtout que je ne croyais toujours pas encore à ma chance d'avoir rencontré cet amour si rare, si unique, presque impossible à trouver, même une fois dans le cours d'une vie. Tout en continuant mes gammes, je lui jetais de temps à autre un coup d'œil furtif. Elle posa son livre.

— Arrête de me regarder, Mike, travaille.

— Je ne te regarde pas, je travaille.

— Si, tu me regardes.

— De temps en temps, c'est tout. À chaque fin de gamme…

— Elles sont bien courtes, tes gammes.

— Ouais, c'est vrai, mais comme toutes les gammes, elles n'ont que sept notes.

— Et sept notes c'est à peu près trois secondes, donc tu me regardes toutes les trois secondes.

— Arrête de flatter ton ego, tu n'es pas aussi belle que ça.

— Je sais, mais l'important c'est que, toi, tu penses que je le suis.

— Bon, je vais faire mes gammes, des heures durant, sans un regard pour toi.

— On parie ? fit-elle en se levant et en me tendant un verre d'eau.

Qui aurait pu croire que, moi, je boirais un jour de l'eau… ?

— C'est bon pour toi, dit-elle simplement.

Elle trempa ses doigts dans mon verre et m'envoya une pichenette de liquide en pleine figure.

Je fis la même chose. Puis elle prit une gorgée et fit semblant de me la cracher au visage.

— Lucy, je te préviens...

Elle se ravisa en rigolant :

— T'as eu peur, hein ?

— Alors ce pari ?

Elle s'assit sur mes genoux et susurra :

— Une nuit d'amour.

J'arrêtai mes gammes instantanément et pris sa bouille entre mes mains :

— Tu as gagné.

On s'est embrassés et on a filé dans la chambre.

*

Mike était profondément endormi. Lucy était levée. Elle était dans la salle de bains et se regardait dans la glace. Elle trouvait qu'elle avait un peu maigri, mais peut-être était-ce le miroir qui donnait cette impression ou la lumière un peu blafarde. Et puis il y avait ce terrible mal de tête qui la préoccupait de plus en plus. Elle prit deux aspirines et repartit se coucher sans faire de bruit.

*

C'était le week-end, Lucy était en train de mettre de l'ordre dans l'appartement et j'étais parti acheter une bonne bouteille de vin avec Prince. Lucy avait proposé à Darren de passer prendre un verre à la maison, puis qu'on aille dîner dehors tous les trois.

Darren débarqua avant mon arrivée. Il fit le tour du propriétaire avec une pointe de surprise. Ayant connu la façon dont vivait Lucy, il était évident que l'amour faisait des miracles.

— C'est très charmant dans le style un peu claustro...

— Ne sois pas snob, Darren.

— Tu as raison... alors est-ce que tout va bien ?

— Tout va « génial ».

Il la regarda :

— Tu m'as l'air un peu pâlotte, ma chérie.

— C'est juste le déménagement, ça m'a vraiment fatiguée, tous ces changements, le fait que mon père n'accepte pas mon bonheur, mais ça n'a jamais été aussi bien.

J'arrivai avec ma bouteille, saluai chaleureusement Darren qui me serra dans ses bras.

— Un homme tellement parfait, pourquoi est-ce que ce n'est pas à moi que cela arrive ? lança-t-il en feignant d'être triste. (Il regarda Prince qui se frottait contre lui.) Moi ce sont les chiens qui m'aiment. Il est marrant, d'ailleurs. Tu aurais pu l'appeler Prince.

— Il s'appelle Prince.

Nous éclatâmes de rire. J'ouvris la bouteille et remplis deux verres. Lucy me tendit un verre d'eau. Darren n'en revint pas :

— De l'eau... ?

— Eh oui, je suis un homme nouveau.

— Ce sont les voies de l'amour qui sont définitivement impénétrables, fit remarquer Darren.

Nous levâmes nos verres, sans trinquer car Darren nous apprit qu'avec de l'eau minérale ça portait malheur.

— Alors je vais prendre un scotch, dis-je en plaisantant.

Lucy me donna une petite tape affectueuse sur le bras :

— Essaie un peu et tu es mort.

*

Le restaurant était bondé. Nous attendions notre table. Lucy raconta à Darren que je passais une audition la semaine prochaine pour World Classic. Il me regarda, impressionné :

— C'est fantastique, me dit-il avec sincérité et même une pointe de respect.

— Ce n'est qu'une audition, lui dis-je modestement.

— Non, ça va être génial, je le sens super bien. Des grandes choses vont en découler... des vraies grandes choses, décréta Lucy avec tendresse.

— Les grandes choses sont déjà arrivées, le reste n'est que la cerise sur le gâteau.

— Vous me donnez la nausée, dit Darren en rigolant.

La serveuse vint nous annoncer que notre table était prête. Lucy s'excusa une seconde pour aller aux toilettes. Darren et moi suivîmes notre hôtesse.

Lucy se pencha sur la cuvette et se mit à vomir. Sa tête lui faisait un mal de chien. Elle commençait à être sérieusement inquiète. Elle se remaquilla devant le miroir, mit un peu de blush sur ses joues et sortit. Elle n'avait pas mangé de la journée, ça devait être ça. Elle rejoignit les garçons en pleine conversation et s'assit comme si de rien n'était.

— Dis-moi, c'est ton père qui doit en faire une tronche, avança Darren, faisant référence à World Music.

Je n'avais jamais raconté l'incident du studio à Lucy et elle répondit, certaine que Darren parlait de leur relation :

— Tu connais mon père, un jour, tout ça sera digéré, oublié, et il nous acceptera comme nous sommes.

— Avec un peu de temps, disons vingt à trente ans, je pense que c'est envisageable... Tu veux que je lui parle ?

— Je ne suis pas sûr que le timing soit le bon, fis-je en souriant. Pour l'instant j'ai l'impression que les fils sont un peu coupés.

— Des fils, ça se répare.

— Je vais d'abord devoir prouver que je suis bon électricien.

— Je connais mon père, dit Lucy, ça va passer assez vite, en tout cas en ce qui me concerne, il sait que je l'aime et progressivement il va comprendre que Mike est un mec bien... Si nous commandions ? ajouta-t-elle, faisant clairement comprendre qu'elle voulait changer de sujet.

Le dîner fut sympathique, très joyeux. Darren était vraiment formidable. Il portait une affection sans limites à Lucy et je sentais qu'il en avait pour moi aussi. Nous savoir heureux le rendait heureux. J'aurais aimé, enfant, avoir un ami comme lui, quelqu'un qui ne donnait que de lui-même. Sa vie de solitaire ne devait pas être facile tous les jours. Il devait sûrement se demander, il en parlait souvent, s'il allait terminer cette vie, sans compagnon, sans une épaule sur laquelle il serait bon de se reposer dans les moments douloureux et difficiles. C'est la force d'être deux, on peut au moins s'entraider, se serrer l'un contre l'autre sans un mot et permettre à la machine de repartir.

*

Lucy avait pris rendez-vous chez le Dr Greer. Ce n'était pas son médecin de famille, mais son docteur personnel. Le Dr Greer lui avait fait faire une multitude de tests, sang, urines, et des rayons X, sans parler de l'angoissante IRM puisqu'elle avait des maux de tête prononcés.

Le docteur examinait les différents schémas et graphiques qui défilaient sur son ordinateur. Lucy le regardait, impatiente et soucieuse. Les examens avaient pris plus de temps que prévu, ce qui n'était pas forcément mauvais signe. Elle était la fille d'un homme très important et il était normal de prendre plus de précautions avec elle, quand bien même cela pouvait sembler injuste.

Le Dr Greer leva la tête. Lucy comprit à son regard que le mal dont elle souffrait n'était pas bénin.

— C'est grave, docteur ?

— Oui, Lucy, c'est une tumeur au cerveau.

Le choc lui coupa le souffle. Elle resta silencieuse pendant une bonne minute, puis le fixa avec courage :

— Quelles sont mes options ?

— J'aimerais démarrer la chimio très rapidement.

— Et ça va me guérir ? demanda-t-elle avec des yeux de petite fille incrédule.

— Non, mais ça va ralentir la tumeur.

Sa gorge était sèche.

— Ça veut dire, parvint-elle à murmurer, qu'il n'y a rien à faire ?

— L'endroit où est située la tumeur la rend inopérable... Je suis tellement désolé, Lucy, tellement désolé.

— C'est vraiment pas de chance, dit-elle simplement. Et il n'y a pas d'erreur possible, peut-être qu'une deuxième évaluation... pourrait prouver que vous vous trompez ?

Son regard lui fit comprendre qu'il ne se trompait pas. Qu'il lui ferait faire d'autres examens avec d'autres docteurs mais que malheureusement les scanners et les radios étaient sans appel.

— Qu'est-ce que je dois faire... ? J'en ai pour combien de temps ?.

— Quelques mois, au plus.

— Quelques... dans une année il y a douze mois, ça veut dire combien, quelques mois ?

— Trois, peut-être quatre.

Lucy avait envie de se mettre en colère, de hurler, de se jeter sur lui, de lui rendre coup pour coup, avec la même violence, ce qu'il venait de lui annoncer, même si le malheureux n'y était pour rien. Il lui avait annoncé d'une manière directe et simple qu'elle allait mourir. Pouvait-elle lui en vouloir ? C'était probablement le plus difficile, dans son métier. Elle eut même de la compassion pour cet homme dont le devoir était de ne jamais cacher une vérité parfois terrible.

Il lui fit une prescription pour ses maux de tête et pour un médicament chimiothérapique qui, selon lui, allait atténuer la douleur et ralentir un peu la progression de la tumeur. Il lui donna un rendez-vous pour la semaine suivante.

— Pour quoi faire ?

— Si vous avez besoin. Je suis là. C'est tout.

Elle le remercia, elle avait surtout besoin d'être seule, face à son destin dont elle n'était plus le maître, et elle sortit du cabinet. En quittant l'hôpital, Lucy se mit à arpenter les rues. Elle n'était pas tétanisée par cette horrible nouvelle, mais suffoquée, comme paralysée. Elle marchait d'une manière mécanique, regardait les gens comme elle ne les avait jamais regardés auparavant. Elle avait l'impression, depuis qu'elle savait qu'elle allait mourir, que tout était plus important, que chaque détail, chaque bruit prenait une dimension nouvelle. C'est bizarre, pensa-t-elle... C'est lorsqu'on sait qu'on va mourir que la vie prend tout à coup sa véritable ampleur.

Même si elle avait vécu ces derniers mois une relation d'une rare intensité avec Mike, en passant devant le parc où ils avaient déjeuné la première fois, elle ne put s'empêcher de se demander si elle en avait vraiment profité.

Elle s'assit sous le magnolia géant et se rappela la veste, les sandwiches, les regards qu'ils avaient échangés, les choses simples qu'ils avaient partagées. Elle se coucha dans l'herbe et regarda le ciel. Ce ciel qui, s'il y avait un Dieu, l'avait bien laissée tomber et elle se mit à pleurer. C'étaient des larmes d'impuissance, des larmes de colère face à l'injustice de la vie.

Pourquoi avoir rencontré l'être aimé, si tout devait se terminer comme ça ? Pourquoi la vie se moquait-elle des conséquences que son départ pourrait avoir pour ceux qui allaient rester ? Elle ne pensait pas que le plus difficile était de mourir, le plus difficile serait pour Mike, son père et Darren, pour tous ceux qui allaient lui survivre.

*

Elle entra doucement dans le petit appartement. Mike, en l'entendant, l'appela de la chambre :

— Lucy ?

— Tu attendais quelqu'un d'autre ? lança-t-elle de la manière la plus joviale possible.

— Une de mes nombreuses maîtresses, je suis un peu déçu, mais je crois que je vais me contenter de ma petite femme que j'aime.

Je l'ai prise dans mes bras. Elle m'a serré si fort que j'ai cru manquer d'air. Elle ne m'avait jamais enlacé avec une telle intensité, ça m'a un peu surpris mais j'étais heureux de la puissance de son amour.

— Je t'ai manqué ?

— Tout le temps.

Elle se détacha.

— J'ai appelé le bureau, ils m'ont dit que tu n'étais pas là et le portable, silence radio...

— J'ai eu beaucoup de propriétés à faire visiter aujourd'hui, j'étais difficile à joindre... je suis épuisée... Et toi, des nouvelles de l'audition ? demanda-t-elle pour changer de sujet.

— Non. Jamie m'a dit qu'on aurait la date dans la semaine.

Je la regardai tendrement.

— Tu as vraiment l'air fatiguée.

— Eh oui, je vieillis...

— Je te l'avais dit, ce genre de choses, ça s'accélère chez les femmes... mais ça va, je pense que je pourrai encore tenir le coup pendant quelques années.

Elle a souri tristement :

— Dis-moi, tu crois qu'on pourrait annuler le dîner avec Jamie ?

— Tu veux dire que nous restions seuls tous les deux ?

— Je sais que ce n'est pas très rigolo mais personne n'a dit que la vie était juste.

Je lui déposai un baiser sur la joue.

— J'essaierai avec difficulté de m'accommoder de cette pénible situation. J'appelle Jamie, t'inquiète.

— Merci... Je vais prendre une douche.

Elle avait envie de pleurer. Comment pouvait-elle lui raconter sa journée. Il ne fallait pas craquer, en tout cas pas devant lui, même si l'idée de lui cacher l'insoutenable vérité la rendait encore plus vulnérable. Mentir sur une chose aussi terrible à l'homme qu'on aime est difficile à assumer, mais il fallait qu'elle trouve le courage de faire comme si de rien n'était. Alors, elle s'assit au fond de la douche et, comme une petite fille, se mit à pleurer.

La soirée se passa tranquillement. Lucy avait tenu à faire la cuisine, ça lui changeait les idées et elle était très bonne cuisinière. Nous avions terminé notre repas et tel un vieux couple nous faisions la vaisselle, Lucy lavait et j'essuyais les ustensiles et les assiettes qu'elle me passait.

— Tu es plutôt douée pour les tâches ménagères, lui dis-je en souriant, surtout pour une personne de ton monde.

— Mon monde t'emmerde, me dit-elle avec humour. Toi, par contre, question ménage, c'est toute ton éducation qu'il faudra revoir. Allez, laisse, je vais finir, c'est vraiment pas un travail pour les garçons.

— Nous vivons dans une société où les sexes sont égaux, ne l'oublie pas, alors occupe-toi de la plonge, je me charge du reste.

Nous avons fini de ranger la vaisselle et sommes allés nous coucher. Je me suis endormi comme une masse.

Lucy était seule dans le noir. Prince vint doucement lui renifler le visage comme si son instinct animal lui permettait de comprendre le mal qui la rongeait. Il posa sa tête sur son ventre et la regarda. Lucy lui caressa gentiment la tête :

— Allez, va, lui dit-elle, tout va bien.

Prince gémit doucement et alla se coucher sur le sofa. Lucy tourna la tête et regarda le visage de Mike endormi, paisible, enfantin. Que ces moments allaient lui manquer. Elle se reprit, elle n'était pas encore morte, bon Dieu. Il fallait se secouer, ne pas s'enfoncer dans une dépression qui ne pourrait que gâcher les derniers mois qu'elle avait à vivre. Cette pensée lui donna le courage de se persuader qu'il fallait profiter au maximum des courts moments de bonheur qu'il leur restait. Et elle s'endormit.

Lorsqu'elle se réveilla, Mike était déjà parti. Il y avait un mot sur l'oreiller qui disait : « L'homme de ménage t'a préparé le petit déjeuner… Tout est dans la cuisine… À ce soir. Je t'aime. »

*

Lucy avait donné rendez-vous à Darren sur la grande plage à Santa Monica. Il était le seul à qui elle pouvait parler de ce terrible secret et, même s'il était son meilleur ami, son frère, la personne de tous les moments importants de sa vie, ça n'était pas facile. Ils marchaient tranquillement sur le sable.

— Tu te souviens quand on jouait ici lorsque nous étions petits ? lui dit-elle en souriant.

— Je me rappelle surtout que c'est toi qui t'amusais. Moi, j'avais une peur bleue des crabes.

Darren s'arrêta et regarda Lucy, la scrutant jusqu'au plus profond d'elle-même :

— Lucy, de quoi veux-tu me parler ?

Elle le fixa et baissa la tête.

— Chaque fois que tu as quelque chose d'important à me dire, c'est ici que nous nous retrouvons. Qu'est-ce qu'il y a ? Des problèmes avec Mike ?

— Non...

Elle sentait les larmes lui monter aux yeux. Elle se reprit :

— Il n'y a pas de manière facile de te dire ça, Darren.

— Ça... quoi ?

— Je vais mourir, dit-elle simplement.

Darren eut un moment de stupeur, puis il éclata de rire. Son rire était-il nerveux ou pensait-il que Lucy lui faisait une blague stupide ? Il comprit vite qu'elle ne plaisantait pas. Comment aurait-elle pu plaisanter au sujet d'une chose aussi grave ? Il bredouilla :

— Mais... comment... pourquoi... ? C'est impossible...

— Une tumeur au cerveau.

Les larmes de Darren montèrent d'un coup, il ne les contrôlait pas. Il se mit à sangloter en silence et s'éloigna vers la mer.

— Donne-moi une minute.

Lucy s'assit sur le sable et le regarda. Darren était face à l'océan et le scrutait fixement. Il ferma doucement les yeux et laissa la souffrance qui l'envahissait le submerger. Au bout de quelques minutes, il revint s'asseoir à côté de Lucy. Il s'était composé un visage fort et déterminé, qui ne laissait plus transparaître aucune émotion, c'était une façade bien sûr, mais ce n'était pas le moment de s'apitoyer sur lui.

— Je connais ce médecin à Beverly Hills...

Lucy le coupa :

— J'ai vu trois docteurs. Ils sont tous formels. Il n'y a rien à faire.

— Rien à faire..., répéta Darren à voix basse, mais c'est impossible.

— Malheureusement, si...

Ils se remirent à marcher silencieusement.

— Et Mike... ?

— Je ne lui ai rien dit.

Darren la regarda sans comprendre :

— Tu ne crois pas qu'il serait juste qu'il soit au courant ?

— Il est tellement proche d'obtenir tout ce dont il a rêvé.

— Tu ne comprends pas que tu es tout ce dont il a rêvé ?

— Si justement... et s'il l'apprenait maintenant, je pense qu'il serait capable de se laisser sombrer, de ne pas réussir ce à quoi la vie l'a toujours prédestiné.

— Il l'apprendra un jour ou l'autre.

— Je sais... mais pas maintenant... Jure-moi que tu ne diras rien.

— Lucy...

— Jure-le-moi... Ni à lui, ni à mon père.

Darren baissa la tête. Il comprenait, même si c'était difficile. Le geste de Lucy avait pour seul but d'épargner ceux qu'elle aimait, de reculer l'échéance d'une souffrance insoutenable pour ces deux êtres qui ne le supporteraient peut-être pas. Elle avait besoin de lui, il ne la laisserait jamais tomber, même s'il était persuadé qu'elle avait tort.

— Je te le jure.

Elle s'assit sur le sable. Darren s'installa à côté d'elle. Ils restèrent silencieux pendant quelques instants.

— Tu as peur ? demanda-t-il.

Elle réfléchit puis dit simplement :

— Non. C'est drôle, hein ? On pourrait penser que, dans un moment comme celui-là, on doit être dévoré par la trouille, qu'on a la peur au ventre ? Eh bien, non, je suis en colère. J'ai attendu toute ma vie pour trouver le grand amour et quand finalement je le trouve... on me l'enlève.

— Tu me racontes ça à moi... je n'attendais plus que l'annonce de votre mariage.

Darren soupira :

— Toute ma vie, j'ai rêvé d'être ta demoiselle d'honneur.

Ils se regardèrent et éclatèrent de rire. Darren la prit tendrement par les épaules. Lucy posa sa tête contre sa poitrine et ils restèrent là, seuls au monde face à la mer, avec pour unique compagnon le bruit des vagues qui s'écrasaient sur le sable.

*

Il faisait nuit. Jamie m'avait annoncé dans l'après-midi que l'audition avec World Music aurait lieu le lendemain à 18 heures exactement. Je revivais toute ma vie passée et, comme Lucy, je n'arrivais pas à dormir.

— Un peu nerveux ?

— Non, pas du tout... juste un peu...

Elle se tourna vers moi et me caressa la joue.

— Nerveux..., lui avouai-je en souriant.

— Ça va bien se passer... tu verras.

— Tu seras là... ?

— Je serai là... Je ne manquerais ça pour rien au monde.

*

Nous étions, Jamie et moi, dans les coulisses de la salle de concert. Jamie était encore plus tendu que moi. Il passait son temps à réajuster mon nœud papillon.

— Parfait... tu as l'air parfait... Je vais y aller maintenant, je vais aller m'asseoir... dans la salle... avec les autres... Tu attends que je sois assis... hein... et puis seulement tu entres... pas avant que je sois assis... et puis... Bon, j'y vais.

Il me prit dans ses bras d'une manière paternelle et me serra contre lui :

— Vas-y... montre-leur... et n'oublie pas...

Je le regardais en souriant. Sa nervosité me touchait. Si j'avais eu un père, j'aurais bien aimé qu'il soit comme lui. Sensible et courageux avec cette fausse dureté qui fait les vrais hommes.

— Bon, j'y vais, répéta-t-il pour la énième fois et il disparut.

Je fermai les yeux et comptai jusqu'à vingt. J'entendais les battements de mon cœur résonner dans ma tête. J'étais prêt, c'était mon moment et rien n'aurait pu m'empêcher de le laisser passer. En tout cas, j'y croyais.

Lorsque je pénétrai sur scène, le double piano à queue paraissait encore plus imposant dans le rayon de lumière qui l'éclairait. Il n'y avait qu'une dizaine de personnes dans la salle. Lucy était au premier rang entre Darren et Jamie. Deux rangs derrière se trouvait le patron de World Music, entouré de son équipe. Ils avaient tous l'air très sérieux. Je me suis avancé vers eux, je les ai salués, puis je me suis dirigé vers le piano et je me suis assis. J'ai pris une longue inspiration et j'ai commencé à jouer.

Dans une vie d'artiste public, il y a deux sortes de trac, le trac chaud et le trac froid. Le premier vous transporte vers un oubli de vous-même et vous fait accomplir des choses inconscientes, le second vous fige et vous enferme. On se regarde, on réfléchit, on prend conscience de ce que l'on fait et on perd toute spontanéité. Ça arrive à tout le monde, il ne faut simplement pas que ça soit le mauvais jour au mauvais moment.

Je n'étais plus nulle part, je flottais dans la mélodie qui envahissait la salle, j'étais submergé, transporté par ces notes qui sortaient d'un piano que je ne contrôlais plus. Si j'avais eu une hallucination, j'aurais pu dire que je jouais sur de l'air, sur du vide, sur du vent. J'étais dans un autre monde, en osmose totale avec la musique. Je ne savais pas si les quelques spectateurs étaient attentifs, je ne les voyais pas, j'étais seul dans un monde à part, dans un monde où l'on peut tout rêver, tout imaginer, dans un monde où l'on peut voler, où, pour peu qu'on y croie, tout peut arriver.

Ma passion grandissait, je m'élevais de plus en plus haut, tout se mélangeait dans une combinaison parfaite de pouvoir et d'émotion, de contrôle et de légèreté. Je pleurais, je riais, je bougeais, je volais. Je posai le doigt sur la dernière note du *Concerto n° 19* de Mozart et mis plusieurs secondes à revenir sur terre.

La salle était plongée dans un silence de mort. Je me souviens de m'être levé, d'avoir salué. Je me souviens surtout du bruit de mes pas sur le plancher en bois lorsque je suis sorti de scène. Ils résonnaient avec une lourdeur terrible.

Ce que Mike ne voyait pas, c'étaient les têtes bouleversées et stupéfaites du petit groupe qui venait d'être témoin d'un moment de véritable génie.

*

J'étais dans mon lit encore rempli de l'adrénaline que m'avait procurée cette audition. Jamie m'avait assuré que ça n'aurait pas pu mieux se passer, que les gens de World Music avaient été impressionnés au plus haut point, mais qu'en professionnels ils n'allaient rien montrer pour ne pas se retrouver en position de faiblesse lors des éventuelles négociations. Lucy était dans la salle de bains.

— Je ne vois pas pourquoi ils ne peuvent pas donner une réponse immédiate, si, comme le dit Jamie, ils ont vraiment aimé.

— C'est aussi un business, mon petit génie, ils ne veulent pas paraître trop pressés, me répondit-elle à travers la porte.

Lucy vérifia que Mike était bien couché sur le lit et sortit le paquet de comprimés que lui avait prescrits le Dr Greer. Elle prit deux cachets qu'elle accompagna de deux comprimés d'aspirine.

*

Je m'étais levé et m'apprêtais à entrer dans la salle de bains. Dans l'entrebâillement, je vis Lucy glisser une petite boîte derrière l'armoire sous le lavabo. Cela m'intrigua fortement mais je décidai de ne rien dire et je retournai m'allonger. Que cachait-elle ? Était-ce simplement quelque chose de très intime ? J'ai toujours pensé que, dans un couple, il faut laisser à chacun un jardin secret, sans essayer de toujours tout savoir.

Lucy sortit de la salle de bains et vint s'allonger à côté de moi. Je l'ai regardée silencieusement pendant un instant.

— Je n'aurais jamais pu y arriver sans toi, ma Lucy.

— Mais je n'y suis absolument pour rien, c'est toi qui joues, c'est ton talent et, avec ou sans moi, il existe, ne l'oublie jamais.

— Mais c'est toi la musique, c'est toi ma force, les notes que je joue c'est pour toi, quand je les joue, je suis seulement avec toi.

Elle se serra contre moi et cacha son visage au creux de mon épaule.

— Je t'aime, dit-elle doucement.

Et je me suis endormi comme ça dans les bras de la femme si merveilleuse avec qui je vivais.

Le regard de Lucy était fixe et rempli de tristesse. Elle sondait l'obscurité comme un abîme infini d'où elle ne sortirait bientôt plus jamais.

*

Lucy était partie tôt ce matin-là et, lorsque je me réveillai, je ne pus m'empêcher de repenser à l'épisode de la salle de bains. J'aurais préféré ne pas m'être levé à ce moment-là, mais le mal était fait et j'avais besoin de savoir, de me rassurer. Je ne pus m'empêcher d'aller fouiller derrière l'armoire. Ce que je découvris me fit sourire, une boîte avec plusieurs plaquettes de petits médicaments, avec les jours de la semaine marqués en dessous. C'était sa pilule contraceptive, rien d'autre. Quel idiot j'étais ! Lucy était quelqu'un de pudique. Même un mec n'oserait pas se trimbaler avec des boîtes de préservatifs dans les poches ou les exposer bien en évidence dans l'armoire à pharmacie ou sur sa table de nuit. Mais de là à les cacher... Il n'y a rien de tabou à prendre des produits contraceptifs, à moins d'être profondément catholique, ce qui n'était pas le cas de Lucy. Alors pourquoi les cachait-elle ? Je notai le nom du médicament et décidai d'en avoir le cœur net. Je n'avais pas d'ordinateur et Lucy n'en avait pas installé à la maison. Celui du bureau lui suffisait. Je me décidai donc à aller voir Darren. De toute façon, je devais me rendre au bureau de Jamie et sa maison était sur la route.

Lorsque Darren m'a ouvert la porte, je l'ai trouvé fatigué, mais c'est surtout son expression qui m'a surpris, il avait l'air inquiet.

— Mike, je ne m'attendais pas...

Nous restâmes à nous regarder quelques secondes.

— Tu veux rentrer... ?

— Si ça ne te dérange pas... j'aimerais consulter Internet.

— Pas de problèmes, me dit-il, mais... laisse-moi t'aider. Tu cherches quelque chose en particulier ?

— Oui... le nom d'un médicament, fis-je en lui tendant le morceau de papier sur lequel je l'avais noté. C'est un médicament que prend Lucy.

Le visage de Darren se décomposa. Il ne s'était certainement pas préparé à cela.

— Oh, tu sais, les femmes ont parfois des trucs personnels et qu'elles préfèrent garder pour elles, c'est très féminin... et je sais de quoi je parle...

— Mais pourquoi le cacher ?

Darren m'a fixé, il n'avait pas de réponse, lui d'habitude si loquace et à la repartie facile.

— Qu'est-ce qui se passe, Darren, elle a un problème ?

— Pourquoi penses-tu immédiatement qu'elle a un problème ? J'en ai plein, des médicaments, et je n'ai aucun problème.

— Elle est de plus en plus fatiguée... elle a des maux de tête.

— Ça pourrait annoncer un heureux événement, fit-il d'une voix qui n'avait rien de gai.

Il s'empêtrait de plus en plus. Il ne savait comment s'en sortir et ça se voyait. Il finit par s'asseoir.

— Mike... je pense...

— Darren, s'il y a un problème avec Lucy, j'ai le droit, j'ai besoin de le savoir.

Il laissa passer un long moment puis prit une inspiration comme pour trouver le courage de parler.

— J'ai juré à Lucy...

— Je ne lui dirai rien, Darren, insistai-je en m'asseyant. Tu as ma parole.

Après avoir appris la terrible nouvelle, j'étais reparti. Je pédalais à en perdre haleine. J'avais décidé de ne rien dire à personne, d'endosser le poids de ce malheur tout seul, mais il me fallait trouver une excuse pour ne pas décevoir Jamie. J'espérais qu'il comprendrait. Mon temps, je devais le consacrer à Lucy, sans trahir la confiance que Jamie avait placée en moi. C'est ce que je devais obtenir sans rien lui dévoiler. Lorsque je débarquai, Jamie était surexcité.

— Tu peux pas mieux tomber, Mike, World Music a appelé. Ils ont fait une offre exceptionnelle : album, concert... C'est parti, Mike, je suis si fier, si heureux... pour toi... pour nous.

Je l'ai regardé. Mon visage devait trahir mon angoisse.

— Je m'attendais à un peu plus d'enthousiasme.

— J'ai un petit problème à régler, dis-je évasivement.

— Les problèmes n'existent que quand on les considère comme des problèmes.

— Celui-là n'est pas aussi simple, j'ai besoin d'un peu de temps avant de foncer tête baissée dans ma nouvelle vie.

— Qu'est-ce que tu veux dire ? Je te croyais prêt, ça fait vingt ans que tu attends ce moment et c'est maintenant que tu vas lâcher ?

— Je te demande simplement de me faire confiance.

— Désolé, Mike, mais j'ai mis, nous avons mis beaucoup d'efforts dans tout ça. Il va me falloir un peu plus que « fais-moi confiance ».

Je me suis dirigé vers la porte du studio. Jamie m'a bloqué le passage.

— Il faut que j'y aille, Jamie.

— Je te demande simplement de me dire ce qui se passe, pas à ton producteur mais comme à ton ami…

Les larmes ont commencé à me monter aux yeux. Ça a été très dur de les contrôler mais j'ai tenu le coup.

— J'ai besoin d'un peu de temps avec Lucy, parvins-je à murmurer.

Jamie m'a regardé longuement. Il devait comprendre combien c'était important pour moi. Il s'est assis dans le grand fauteuil derrière son bureau. Il avait l'air minuscule tout à coup, comme s'il perdait ses moyens. Je ne pouvais rien lui expliquer, je ne me sentais pas le droit de trahir le secret que Lucy voulait garder pour m'épargner. Je lui ai dit que je voulais un petit moment pour qu'on parte en voyage elle et moi, avant de me lancer dans ma nouvelle vie qui allait bouffer quatre-vingts pour cent de mon temps.

— J'ai un petit ranch dans les montagnes, près de Lake Tahoe. Tu peux t'y installer, fais ce que tu dois faire. De mon côté, je trouverai quelque chose pour les faire patienter. En fin de compte ça peut les faire paniquer et nous obtiendrons encore un meilleur deal, ajouta-t-il avec un faible sourire. Je m'en occupe, pars tranquille.

Je savais qu'il était déçu et même s'il ne comprenait pas, il avait la générosité de faire comme si c'était le cas.

*

J'étais dévoré par la peur à l'idée de rentrer, car maintenant que je savais, j'allais devoir faire comme si de rien n'était, inventer des histoires pour que mes moments de tristesse aient l'air anodins.

Pourquoi la vie s'acharnait-elle sur moi ? Je dis ça sans aucune amertume, j'avais fait des erreurs, mais je ne méritais pas cela. J'avais rencontré la femme de mes rêves, celle qui m'avait donné la force de retrouver une dignité, qui avait redonné un sens à ma vie, celle qui m'avait porté chance, qui avait été le catalyseur de toutes les bonnes choses qui m'étaient arrivées depuis cette rencontre. Elle m'avait permis de retrouver foi en moi.

Et maintenant, elle allait mourir. Le conte de fées était terminé. Normalement les contes de fées se terminent toujours bien… ils furent heureux et eurent beaucoup d'enfants… Mais après il se passe quoi, dans ce conte ? On n'en parle jamais, où sont les obstacles, après ? Comment ne pas s'enfoncer dans l'ornière du quotidien, comment constamment raviver le désir du début, comment faire pour la conserver, cette flamme si simple à allumer, comment nourrir sa vivacité si ce n'est par un amour profond et inconditionnel, un amour sans questions, sans réponses qui nous rend chaque jour plus fort, plus amoureux, plus complices ?

Tout ça peut paraître un peu simpliste, mais au fond de nous, nous voulons tous vivre un conte de fées, et les contes de fées sont simples, c'est pour ça qu'ils sont si populaires ! Le mien s'arrêtait là, ou plutôt il me fallait essayer de le poursuivre en sachant que Lucy allait mourir. On sait tous que la mort est la finalité inéluctable de la vie, ce qui ne veut pas dire qu'on doive l'accepter. Cette mort, je la détestais, je n'en voulais pas, j'étais prêt à donner ma vie pour la sienne. En plus, je n'étais pas censé savoir qu'elle allait mourir, je l'avais appris par hasard. Il eût été plus facile que cette nouvelle me prenne par surprise, mais je crois que la vie aime s'amuser à vous envoyer des épreuves pour voir si vous pourrez les surmonter, si vous en avez la force. Elle avait vraiment choisi le mauvais candidat. Oh, ma Lucy, si tu savais combien je t'aime, combien je pense à toi, à toi qui vas partir. C'est toi qui, à trente ans, vas éteindre cette flamme qui fait brûler notre amour.

Que dire à une personne qui va mourir si jeune ? Que c'est injuste, que lorsqu'elle sera partie seuls ceux qui restent vont souffrir ? Facile et égoïste.

J'essaie de penser à toi, Lucy, qui vas mourir, à la dignité que tu vas vouloir conserver, sans imposer aucune culpabilité à personne.

Je vais te donner tout le bonheur du monde pour le peu de temps qui te reste. Je garderai ce secret sans que ma douleur transparaisse. Je sais que tu ne m'en as pas parlé pour me préserver et je t'en remercie du fond de mon cœur anéanti. Après, on verra. Ce sera moi seul face à ma vie. Cette vie qui, sans toi, n'aura plus vraiment d'importance.

Celui qui va mourir a la dignité de ne pas s'affliger sur son sort, de ne pas pleurer sur son futur plus qu'incertain, alors soutenons-le avec le sourire, avec gaieté, force et courage, même si à l'intérieur le déchirement est insoutenable. Malgré tout, on s'apitoie souvent sur soi-même, sur nous qui allons rester. Ce qui prouve qu'on a peur de vivre. Celui qui va mourir a peut-être peur de la mort mais en tout cas il n'a plus peur de vivre.

Je savais comment agir avec Lucy. Je pense qu'il est parfois bon de mentir pour rendre les gens heureux. C'est même un acte de courage. Épargner celui qui souffre. Lequel de nous deux souffrait le plus ? Sûrement elle et ce petit mensonge n'avait aucune importance.

Lucy était à la maison. Allongée sur le sofa, elle écoutait de la musique, un casque sur les oreilles, un livre à la main. J'ai souri en la voyant. Elle leva la tête, retira son casque et je m'assis à côté d'elle. Je l'ai serrée dans mes bras.

— Ça va... t'as l'air triste ?

— Ouais, un peu...

— Qu'est-ce qu'il y a, le vieux ?... C'est ton âge qui te mine ?

Je l'ai regardée, si elle avait su combien d'années j'aurais données pour qu'elle vive le plus longtemps possible !

— Non... Ça fait longtemps que me suis habitué à ma condition de vieux... Jamie m'a dit que World Music n'était pas intéressé.

— Oh, Mike... je suis tellement désolée...

Elle m'a enlacé. J'en ai profité pour me laisser aller, les larmes sortaient naturellement, ça m'a fait du bien, même si je pleurais pour tout autre chose.

— Ce sont tout simplement des crétins. Qu'en pense Jamie ?

— Il y croit plus que jamais. Mais il pense qu'il serait bien que je fasse un petit break, pour revenir gonflé à bloc et passer d'autres auditions. Il a un ranch près de Lake Tahoe. Il m'a dit qu'on pouvait y rester aussi longtemps qu'on voudrait (ce n'était pas vrai bien sûr mais j'avais envie d'arrêter ce putain de temps), à condition que je travaille quotidiennement. Ça te dirait de partir avec moi dans cette aventure champêtre, de passer du temps ensemble ?

— C'est sympa de ta part de penser à m'emmener, laisse-moi réfléchir. Auras-tu le temps de m'en donner, du temps ?

Ses yeux furent tout à coup incroyablement tristes.

— Je ne veux que ça, lui dis-je en souriant.

— Et moi, je ne veux que toi.

Prince, qui aboya comme si nous allions l'oublier, nous empêcha de pleurer à ce moment-là. Lucy éclata de rire.

— Si Prince est d'accord, alors je pars avec vous, dit-elle avec gaieté.

*

Ce que Jamie appelait un petit ranch comportait quand même cinq chambres à coucher, cinq salles de bains, un salon, une énorme cuisine, une piscine, un box pour six chevaux, un terrain qui devait faire une bonne trentaine d'hectares. La maison était bâtie dans un style rustique, un peu comme à l'époque du Far West mais avec tout le confort du XXIe siècle. Tout était étudié dans les moindres détails, à l'image de la minutie que mettait Jamie dans son métier, jusqu'au mobilier de style western, comme il se doit. La vue était éblouissante. Nous étions entourés de montagnes enneigées, le climat était revigorant, ce qui avait l'air de faire du bien à Lucy.

Nous étions arrivés depuis quelques heures, accueillis par Pedro, le gardien et l'homme à tout faire de la propriété. Pedro était un Mexicain affable, sympathique et discret qui vaquait tranquillement à ses occupations. Il habitait à côté une petite maison avec sa femme qui, elle, s'occupait des tâches ménagères. Il dut nous prendre pour des fous lorsque Lucy sortit en courant et en hurlant de la maison, poursuivie par Prince et moi et qu'elle s'étala de tout son long dans une flaque de boue en riant aux éclats. J'essayai de la rattraper, ce qui me fit perdre l'équilibre et je me retrouvai à mon tour allongé dans la boue. Prince, qui jappait joyeusement autour de nous, se roula allégrement dans la flaque et se mit ensuite à courir frénétiquement en cercle. N'étant jamais sorti des rues de Los Angeles, il était au paradis.

Pedro nous regardait et je l'entendis marmonner un « *Loco. Completamente loco* » qui nous fit rire aux éclats.

Nous nous sommes aspergés de boue comme deux gamins, puis je l'ai prise à bras-le-corps et nous nous sommes à nouveau retrouvés par terre.

— Enfoiré, tu vas voir…

Elle me donna un coup de poing dans le ventre et s'échappa en riant. Je suis resté assis au milieu de la flaque, épuisé mais heureux. Elle me regarda, elle aussi était essoufflée.

— Couvre-feu, dit-elle, j'en peux plus.

— Moi non plus, t'as gagné.

— Gagné quoi ?

— Ce soir, c'est toi qui fais la cuisine…

— Comme tous les soirs.

— Je trouve ça bien de gagner la même chose chaque fois.

— Et toi, tu fais quoi ?

— Moi, je vais laver Prince.

— Tu ne voudrais pas plutôt me laver, moi ? dit-elle, aguicheuse.

— Si tu veux, dis-je en attrapant le tuyau d'arrosage et en commençant à l'asperger.

— Salaud ! cria-t-elle, elle est glacée.

Lucy se prêta au jeu, puis ce fut mon tour et celui de Prince qui avait l'air tout sauf content.

Nous enlevâmes nos vêtements trempés avant de rentrer dans la maison. Prince, en revanche, n'avait pas dû comprendre l'intérêt de l'opération, car il repartit aussitôt se rouler dans la boue.

— Toi, tu vas passer la nuit dehors, mon pote, lui dis-je fermement.

Nous étions enfin propres et secs. Dehors, la nuit était magnifique. Je regardais les étoiles à travers la vitre du salon pendant que Lucy finissait de préparer le dîner.

— J'ai faim, annonçai-je en trempant mon doigt dans le magnifique gâteau au chocolat qu'elle avait préparé.

Elle me donna une tape sur la main :

— Pas touche, vieux gourmand.

— Gourmand oui, mais pas si vieux, dis-je en la prenant dans mes bras et en la couvrant de baisers.

On s'est embrassés et je l'ai couchée sur la table, oubliant complètement le gâteau.

— Mike... le gâteau.

Trop tard, le gâteau s'écrasa sous le poids de nos deux corps. Je retirai mes mains, couvertes de chocolat et lui en mis un peu sur les lèvres et sur les joues avant de l'embrasser doucement.

— C'est tellement meilleur comme ça...

— Tu as ruiné mon gâteau, dit-elle, énervée.

— Tu es fâchée... Tu es vraiment fâchée... ?

Son regard prouvait le contraire et elle me balança une pleine poignée de chocolat dans la figure. J'enlevai le chocolat que j'avais sur les yeux :

— Alors ça, tu vas me le payer, criai-je tandis qu'elle s'enfuyait en courant de la cuisine.

L'odeur de brûlé qui émanait du four nous ramena à la réalité.

— Mon poulet ! hurla-t-elle.

Elle ouvrit le four, une épaisse fumée en sortit. Le pauvre poulet était dans un triste état.

— C'est pas toi qui me disais que, pour les tâches ménagères, toute mon éducation était à refaire ?

— Ça va, maugréa-t-elle en me fusillant du regard, mon beau dîner est foutu.

— T'inquiète, on s'en fiche du dîner, on va faire une salade, des sandwiches, nous avons tout le temps…

J'arrêtai ma phrase au beau milieu, nous n'avions plus « tout le temps ». Il ne fallait pas céder à la tristesse qui m'envahissait soudain. Elle s'approcha de moi :

— Tu as raison, dit-elle, c'est sans importance, des poulets, des dîners on a toute la vie pour s'en faire.

Je lui ai souri faiblement et je l'ai prise dans mes bras.

— J'espère qu'ils ont assez d'eau, dit-elle tout à coup.

Je la regardai sans comprendre.

— Ben oui, à trois douches par jour chacun, Pedro a intérêt à avoir des réserves.

Nous étions tous les deux sur le grand canapé en face de la cheminée. C'est tellement beau un feu, si fascinant dans sa progression dévorante, si destructeur et si captivant. Nous regardions les flammes, comme hypnotisés. Prince était couché à nos pieds. Il avait finalement accepté de se laisser nettoyer et dormait paisiblement. J'enlaçai tendrement Lucy en lui caressant les cheveux. Cette atmosphère de calme et de sérénité lui faisait du bien. Je le sentais. Ça me redonnait un sacré courage, tout au moins un véritable espoir.

Nous étions là depuis six jours et j'avais pris l'habitude de me réveiller tôt. Après un bon café, je travaillais mon piano, puis j'allais faire une promenade avec Prince. Lucy dormait beaucoup. C'était sans doute l'effet des médicaments qu'elle prenait et de cette saloperie de maladie qui devait progresser. Une angoisse terrible m'envahissait quand je pensais à ça et j'essayais de profiter de l'instant présent et des merveilleux moments que nous vivions. Vivre, que ce mot est beau, il faut l'exploiter au maximum, le prendre à bras-le-corps sans jamais penser au lendemain, le chérir et ne pas le gâcher pour des conneries. La vie est brève, quoi qu'il arrive.

Je venais de rentrer de ma balade avec Prince, qui s'était épuisé à courir dans la campagne, et je m'installai sous le porche devant la maison. Je regardais cette nature si paisible et si forte, lorsque Lucy apparut les yeux encore pleins de sommeil.

— Bonjour, dit-elle en posant un baiser sur ma barbe.

— Bonjour, petite princesse. Bien dormi ?

— Super bien, je me sens en pleine forme.

— Un café ?

— Je veux bien, merci.

— Tu vois, je m'améliore, question ménage.

J'essayai de l'embrasser mais elle me repoussa :

— Ouais, par contre un petit rasage ne te ferait pas de mal.

— Pourquoi ? Je me trouve plutôt bien en homme des bois, et puis c'est en accord avec l'endroit. Nous vivons à la dure.

— Ouais, sauf que là, c'est pour ma peau que c'est dur.

— Je suis désolé, mon amour, je vais de ce pas, après t'avoir servi ton café, me raser.

Elle me regarda avec ses yeux de petite fille :

— À une condition.

— Laquelle ? fis-je, suspicieux.

— C'est que ça soit moi qui te rase.

Ce désir m'inquiéta sérieusement. J'avais déjà des problèmes lorsque je me rasais tout seul, alors laisser quelqu'un d'autre le faire...

— Euh...

— S'il te plaît, j'aimerais tellement...

Comment refuser un si petit plaisir à la femme qu'on aime.

Nous étions dans la salle de bains. Lucy secoua la bombe de mousse à raser énergiquement, en mit une bonne dose au creux de sa main et commença à l'appliquer sur mon visage. J'étais sagement assis sur un tabouret en face du miroir et je surveillais le moindre de ses gestes. Elle prit le rasoir d'une main assurée et commença l'opération.

Tout se passa bien. Nous étions de retour dans la cuisine et elle me servit une assiette avec deux œufs au plat et du bacon croustillant. Elle ne put s'empêcher d'éclater de rire en me regardant. Quand j'ai dit que tout s'était bien passé, c'était surtout pour elle. Moi, j'avais le visage couvert de petits bouts de Kleenex là où elle m'avait coupé, c'est-à-dire à une bonne dizaine d'endroits répartis inégalement sur ma tronche.

— Très drôle, lui dis-je... Je suis mort de rire, à défaut d'être mort d'hémorragie.

— Oh, mon amour, je suis désolée, je ferai mieux la prochaine fois.

— Quelle prochaine fois ? rétorquai-je, effaré à l'idée qu'il puisse y en avoir une. Je suis défiguré à vie.

Elle s'assit sur mes genoux et se mit à embrasser mes plaies.

— Laisse-moi faire, laisse-moi soulager ta souffrance, mon pauvre petit blessé.

Mes écorchures étaient évidemment très bénignes mais ce jeu nous amusait beaucoup... enfin surtout elle. Elle ôta un à un les petits morceaux de Kleenex, en tout cas, c'est sûr, j'étais rasé de près.

Lucy était allongée sur le sofa et lisait un ouvrage sur les bienfaits de la cuisine aphrodisiaque. Elle leva la tête en soupirant et regarda à l'extérieur. Mike aidait Pedro à nettoyer l'enclos des chevaux. Prince participait à sa manière, c'est-à-dire en furetant de tous côtés. Lucy sourit. Cette image, aussi simple et naturelle fût-elle, avait quelque chose de touchant, de convivial, d'attachant, de familial, de rassurant surtout. Elle avait vraiment rencontré l'homme idéal. Avant qu'elle ne puisse s'enfoncer dans ses pensées douloureuses, le téléphone sonna. Elle se leva et décrocha l'appareil :

— Allô ?

— Hey, Lucy, c'est Jamie.

— Jamie, comment ça va ?

— Plutôt très bien... Alors ça vous plaît, là-haut ?

— C'est magnifique, dit Lucy, nous sommes tellement heureux, je ne saurai jamais comment te remercier.

— T'inquiète pas, c'est à moi que ça fait plaisir. Dis-moi, quand est-ce que vous pensez rentrer... ?

— Impossible à dire... c'est tellement bon d'être ici... mais si tu as besoin de la maison...

— Non, c'est pas ça..., l'interrompit Jamie, mais je ne pense pas pouvoir faire attendre World Music beaucoup plus longtemps.

C'est comme si Lucy avait reçu un coup de poing en plein plexus, elle en avait le souffle coupé :

— Pardon... ? parvint-elle à bredouiller.

— World Music... ils veulent que Mike rentre en studio le plus vite possible. Ils préparent une nouvelle édition des concertos pour piano de Chopin pour les prochaines fêtes. Ils disent aussi que, si Mike n'est pas intéressé, ils vont retirer leur offre.

Lucy était bouleversée. Un long silence s'ensuivit.

— Tu es au courant, bien sûr ?

Elle réussit à balbutier un « Bien sûr » mal assuré puis reprit ses esprits :

— Évidemment que je suis au courant et je trouve ça fantastique. Je suis tellement heureuse pour lui, pour vous.

— Donc tu comprends l'importance que Mike soit là, disons au plus tard en milieu de semaine prochaine ?

— Bien sûr... nous allons rentrer très vite. Dis-moi, Jamie, juste par curiosité. Est-ce qu'il t'a dit pourquoi il voulait venir ici ?

— Non, il m'a juste dit qu'il avait besoin de temps avec toi, alors je lui ai proposé le ranch.

Il y eut un silence au téléphone.

— Lucy ? Ça va ? Tout va bien ?

Les yeux de Lucy se remplirent de larmes en comprenant que Mike était au courant pour sa maladie. Elle le regarda à travers la vitre. Il jouait avec Prince comme un adolescent insouciant.

— Tout va très bien, dit-elle simplement.

— Alors essaie de lui mettre un peu de plomb dans la cervelle...

— Je vais essayer, Jamie, mais tu le connais, ça va pas être facile.

— Je compte sur toi. Allez, je vous embrasse tous les deux.

Et il raccrocha. Lucy resta là, l'appareil à la main, les yeux dans le vide.

— Nous aussi, dit-elle en reposant le combiné mécaniquement, nous aussi.

Nous sommes allés nous promener à cheval cet après-midi-là. Le temps était magnifique, nous nous sommes assis dans les herbes hautes à l'ombre d'un grand arbre qui nous rappelait le magnolia géant de notre première rencontre. J'étais adossé à l'arbre, Lucy contre moi. Les chevaux broutaient paisiblement à quelques mètres de nous. La vue sur les montagnes était spectaculaire. Nous avions fait une bonne heure de balade et le paysage était devenu plus sauvage. Nous contemplions cette nature, absorbés dans nos pensées.

— Ça serait génial de pouvoir arrêter le temps, dis-je soudain.

— C'est vrai..., acquiesça Lucy.

— Je veux dire de pouvoir décider quand l'arrêter... moi je l'arrêterais là... maintenant, juste à cet instant précis...

Lucy tourna la tête vers moi :

— Alors nous n'aurions plus de lendemains.

— Qui en aurait besoin ? Tous mes lendemains seraient avec toi, avec ou sans lendemain.

— Et la musique ?

— Je composerais pour toi.

— Et tes rêves ?

À son regard, je sentis soudain qu'elle me parlait d'autre chose, que la conversation prenait une tout autre direction. Elle me dévisagea gravement :

— Je sais que tu sais, Mike.

— Que je sais quoi ? dis-je du ton le plus détaché possible.

Elle mit mes mains dans les siennes et me regarda ou plutôt me transperça d'un regard qui disait combien elle était désolée :

— Que je vais mourir...

À ce moment-là, j'ai senti toute la lourdeur que je portais sur mes épaules s'envoler. C'est comme si elle m'avait libéré de cet épuisant fardeau. Il n'y a rien de pire que de faire semblant même pour faire plaisir. Tôt ou tard, le poids qui pèse sur vous est trop lourd et on s'écroule. Maintenant au moins, je n'avais plus cette peur de devoir faire comme si tout était normal.

— Et je t'aime pour ce que tu essaies de faire.

— Alors laisse-moi aller jusqu'au bout.

— Non, parce que je t'aime aussi pour ce que tu es et je n'irai pas à la mort en sachant que tu as laissé tomber tes chances pour moi.

— Je veux être avec toi... pour toutes les secondes, toutes les minutes, tous les instants qui nous restent.

— Nous allons être ensemble... mais pas ici... pas comme ça. Tu dois rentrer. Retourner au studio, accepter l'offre de World Music et accomplir ce que tu n'as pas réussi dans ta première vie.

— Je ne peux pas ! hurlai-je. Tu crois que je peux juste retourner à ma musique et jouer comme si de rien n'était, comme si tout était normal ?

Lucy ne répondit rien.

— Eh bien, je ne peux pas...

— Mike... tu dois penser au...

— Ne me dis pas que je dois penser au futur. Il n'y a pas de futur, il n'y en a plus... pas celui que je veux en tout cas.

Elle me prit dans ses bras délicatement, comme on le fait avec un enfant :

— Tu dois le faire.

— Je ne peux pas.

— Si, tu peux...

Mes yeux se remplirent de larmes. J'arrivai à les retenir.

— Si tu ne le fais pas pour toi..., alors fais-le pour moi...

Elle essuya une petite larme qui coulait sur ma joue :

— Je te le demande, Mike, fais ça pour moi.

J'ai vaguement acquiescé avant de baisser la tête :

— Je t'aime tellement, Lucy.

Je ne pouvais pas la regarder, je me serais effondré, alors je suis resté tête baissée pendant de longues secondes et, quand la boule est redescendue au fond de mon corps, quand je l'ai sentie dans mes bottes, alors seulement j'ai relevé la tête. Elle m'a souri et caressé la joue.

— Si on rentrait, cow-boy ? J'ai des haricots sur le feu, et il va bientôt faire nuit, dit-elle d'une voix grave et masculine. Et puis cette région est infestée de bêtes sauvages.

— Pas de problème, j'ai mon six-coups, dis-je en me prêtant à son jeu.

Au loin, le soleil commençait à décliner.

Nous montâmes sur nos chevaux et nous nous sommes éloignés dans le rouge du soleil comme dans les histoires où les héros finissent heureux.

*

Lucy fut réveillée par le bruit du tonnerre. Un orage avait éclaté et il pleuvait des cordes. Elle se retourna, le lit était vide :

— Mike ?

Elle se leva et m'aperçut à travers la fenêtre debout sous la pluie. Elle descendit, chaussa une paire de bottes, endossa un vieux K-Way et sortit sous le porche :

— Mike ! cria-t-elle, qu'est-ce que tu fais ?

— Je pense…

— À quoi ?

— À toi… à nous… à Dieu… qui, je le sais maintenant, n'a jamais existé, en tout cas pas pour moi.

— Mais pourquoi sous la pluie ?

Je l'ai regardée, la souffrance devait se lire sur mon visage. Elle s'avança vers moi :

— Pourquoi sous la pluie ?

— Parce que je ne veux pas que tu voies que je pleure.

Ses yeux se remplirent de larmes et elle me serra dans ses bras. J'ai posé ma tête sur son épaule et doucement nous nous sommes assis par terre, enlacés l'un à l'autre. Nous sommes restés là sans bouger, sous la pluie battante. Le ciel pleurait avec nous. En fin de compte, peut-être qu'il y avait un Dieu mais, sur ce coup-là, il n'était pas à la hauteur.

*

Nous étions rentrés le lendemain et nous avions retrouvé notre appartement qui nous a paru encore plut petit qu'auparavant.

Lucy était au téléphone avec son père. Elle ne lui avait toujours rien dit au sujet de sa maladie. Je pensais qu'elle faisait une erreur, qu'il ne méritait pas qu'on lui cache la vérité, aussi difficile fût-elle à accepter. Mais Lucy avait vécu sa souffrance à la mort de sa mère et elle voulait repousser cette échéance, sachant que, malgré sa force mentale, son père serait anéanti en apprenant cette nouvelle. Égoïstement, elle ne voulait pas en être témoin.

Je pense que j'y étais aussi pour quelque chose, je n'avais pas été courageux jusqu'au bout, j'avais craqué alors que je m'étais juré de ne jamais pleurer devant elle. Et Lucy ne voulait pas être entourée de gens tristes et graves lors de ses derniers instants de vie. Elle m'épatait car elle était joyeuse, heureuse, et son bonheur était communicatif. Elle allait mourir et elle trouvait qu'il n'y avait pas grand-chose de sérieux là-dedans.

Question : est-il plus facile de mourir que de survivre à ceux qu'on aime ? J'essayais au maximum d'être heureux, vraiment heureux avec elle. Et quand elle me surprenait à me laisser aller à des pensées sombres et douloureuses, elle m'engueulait et me demandait de quitter la pièce, juste pour quelques minutes, mais pas trop loin quand même, ce qui, vu la taille de l'appartement, n'était pas très compliqué.

*

Je suis entré dans le bureau de Jamie. Il était en train de manger un riz cantonais qu'il s'était fait livrer. Lorsqu'il me vit, son regard s'illumina :

— Hé, l'étranger, ça va ?

— Ça va… Je suis prêt à commencer.

— T'es sûr ? me dit-il avec une pointe d'ironie.

— Certain.

— Tu vas pas me refaire le coup de l'escapade romantique ?

— C'est pas aussi simple que ça.

— Écoute, Mike, je sais que j'en ai pas l'air, mais moi aussi, j'ai été amoureux… et puis, je me suis aperçu que j'avais des responsabilités vis-à-vis de ceux qui me faisaient confiance et…

Je le coupai abruptement :

— Lucy va mourir.

Nous avons tous une manière différente d'exprimer nos sentiments. Jamie faillit s'étouffer avec son riz cantonais. Il me regarda, abasourdi, sans montrer une émotion particulière. Pourtant je voyais qu'il était profondément touché :

— C'est impossible, murmura-t-il.

— J'aimerais bien…

— Si seulement j'avais su, Mike…

— Je ne voulais… je ne pouvais pas en parler… comme ça. Si je te l'annonce maintenant, c'est pour te dire que je suis prêt, c'est digéré, c'est absorbé. Personne n'y peut rien.

Jamie ne savait plus quoi répondre, ce qui était peut-être mieux. Je n'aime pas les gens qui se complaisent dans les « Je comprends », « Je suis avec toi », « Tu peux compter sur moi » et toutes les conneries qu'on peut dire dans ces cas-là parce qu'on se sent embarrassé de ne pas savoir quoi dire justement. Jamie ne disait rien et c'était très bien.

— Dis-moi, quand tu veux commencer ?

— Tout de suite... demain...

— Je m'occupe de tout.

— OK... alors à demain.

— À demain.

Jamie se leva et dit avec pudeur :

— Si tu as besoin de plus de temps, je peux me débrouiller.

— Non... mais je te remercie.

On s'est simplement serré la main d'homme à homme. Il n'y avait rien de froid dans ce geste, juste de la dignité. Et j'ai quitté la pièce.

*

Les séances d'enregistrement étaient très prenantes, il me fallait toute ma concentration pour essayer de finir un morceau sans avoir recours à la seule technique. J'essayais de jouer la totalité du morceau, je ne voulais pas compter entièrement sur le montage musical qui permettait, en prenant plusieurs pistes, d'avoir un enregistrement parfait.

Lucy était dans la cabine avec Jamie et un ingénieur du son. J'avais les yeux fixés sur elle, c'était ça, ma concentration, chaque note était pour elle, chaque son qui sortait de cet instrument lui appartenait. Les choses se passaient bien, très bien même. Je lui avais promis d'aller jusqu'au bout et j'allais tenir le coup jusqu'au bout, jusqu'après, mais après c'était une autre histoire. Maintenant, c'était pendant et, pendant, c'était elle.

Elle était là tous les jours et c'était bon de la savoir avec moi. Elle avait maigri, elle était d'une pâleur à faire peur, elle déclinait petit à petit mais elle était toujours là, comme si elle voulait s'assurer que j'allais tenir la promesse stupide que je lui avais faite.

Son courage me donnait encore plus de force, elle m'interdisait d'être faible, elle qui l'était tant, alors je jouais de mieux en mieux pour la rendre heureuse. De l'autre côté de la vitre, je voyais son regard passer par une multitude d'émotions, gaieté, tristesse, force, colère. Elle était avec moi, en moi dans cette musique qui nous emportait.

Je terminai le quatrième morceau des *Préludes* de Chopin.

*

Ce soir-là, c'est moi qui ai fait la cuisine. Lucy n'a pas beaucoup mangé.

— J'ai pas très faim... mais à part ça, c'est très bon... c'est vrai que tu t'améliores, petit chef !

Je souris faiblement.

— Oh... pas de ça, me dit-elle énergiquement, on est là pour être heureux, ne l'oublie pas.

— T'as raison...

— Alors arrête de t'inquiéter pour moi.

— Désolé, mais ça fait aussi partie de mon boulot.

— Non, ton boulot c'est de faire de la musique... et parfois la cuisine... même si t'es quand même meilleur musicien, sans vouloir te vexer.

J'ai souri, un vrai sourire, et je l'ai prise dans mes bras. Mon Dieu, qu'elle était légère. Je dus contrôler la boule qui montait dans ma gorge et la déposai sur le lit.

— Je peux encore marcher, tu sais.

— Ouais... je sais, j'avais juste envie de te porter.

— C'est plus facile aujourd'hui qu'il y a un mois, n'est-ce pas ?

— Non... c'est pareil, c'est juste bon.

— Menteur, dit-elle, moi en tout cas je me sens plus légère.

— Ouais... peut-être un peu... mais... on s'en fout, t'as vraiment envie de parler de ça ?

— Non... mais ça me rassure de parler.

Je me sentis stupide, elle avait raison, tant qu'il y avait des mots, il y avait de la vie.

— Excuse-moi.

— Allez, viens t'allonger, j'ai envie de me blottir dans tes bras, de ne plus bouger, de m'endormir tout doucement et de me réveiller contre toi. Tu peux faire ça pour moi.

J'ai enlevé mon pantalon et mon tee-shirt et nous nous sommes couchés, serrés l'un contre l'autre... et tout doucement, comme elle avait dit, nous nous sommes endormis.

*

Le lendemain matin, je préparai le café. Lucy apparut. Elle avait un petit peu meilleure mine que la veille.

— Tu sais, tu n'es pas obligée de venir au studio tous les jours.

— Ne me dis pas ce que je peux ou ce que je ne peux pas faire, depuis que je suis avec toi, je fais ce que je veux... c'est compris ?

— Oui, chef... À vos ordres, chef.

Elle prit le verre d'eau que je lui avais préparé sur la table. Elle sortit une pilule de la petite boîte. J'étais en train de verser le café et je l'ai regardée. Elle portait la main à sa bouche pour prendre son médicament et tout à coup son regard a chaviré, ses yeux se sont révulsés, elle a lâché le verre qui s'est écrasé par terre et tout s'est passé comme au ralenti, comme si je voulais arrêter cet instant. Nos regards se sont croisés et Lucy s'est écroulée sur le sol.

*

Nous étions, Darren et moi, assis sur deux chaises à côté de la chambre de Lucy. Le docteur en est sorti et s'est avancé vers nous. Aucun de nous n'osait poser la question. C'est le Dr Greer qui parla le premier :

— Elle est stable pour le moment.

— Pour le moment ?

— Vous êtes son mari ?

— Son… oui, comme son mari.

— Vous êtes au courant pour…

— Oui, je suis au courant…

— Alors vous savez…

— Combien de temps ?

Je n'avais pas besoin d'entendre la réponse du docteur, je ne savais même pas pourquoi j'avais posé cette question.

— Je peux…, lui demandai-je en indiquant la chambre.

— Allez-y.

— Euh, dites-moi, monsieur Wilson, son père est-il au courant ?

— Je l'ai appelé, dit simplement Mike. Il arrive.

Nous sommes entrés dans la chambre, Darren et moi. Lucy avait l'air toute petite dans ce grand lit. Nous avons tous les deux souri, nous devions avoir l'air de deux crétins car Lucy eut un petit rire :

— Les siamois…

Darren déposa un baiser délicat sur son front. Elle le regarda avec tendresse.

— Mon Darren... je t'ai abandonné... mais tu es toujours avec moi, tu le sais.

— Tout va bien... je suis heureux pour vous... c'est le plus important. Je suis juste là à l'extérieur si vous avez envie d'un troisième partenaire pour la partie de poker.

Et il s'éclipsa avec une pudeur admirable, lui l'ami, le frère, le confident de Lucy. Celui qui, avec la vie qu'ils avaient passée ensemble, aurait dû rester dans la pièce et moi en sortir.

Je m'approchai et m'assis sur le bord du lit :

— Tu m'as foutu une sacrée trouille.

— J'ai toujours su que tu avais la trouille... mais je t'avoue que ce coup-là... moi aussi... t'as vu le docteur ?

— Oui.

— Qu'est-ce qu'il a dit ?

— Que tu étais plutôt bien.

— En plus, tu sais pas mentir... mais qu'est-ce que je fiche avec un mec comme toi ?

— Je me suis toujours posé la question.

— L'amour doit vraiment rendre aveugle, dit-elle tendrement.

J'ai baissé la tête pour qu'elle ne voie pas combien j'étais triste.

— Prends ma main.

Elle n'avait même plus la force de bouger. Je posai ma main sur la sienne.

— Je veux que tu fasses une chose pour moi.

— Tout ce que tu veux.

— Tu promets ?

— Je promets.

— Quand je vais... tu sais... je ne veux pas que tu sois là, je ne veux pas que tu me voies... partir. Je veux que tu me gardes dans ton cœur bien vivante, comme tu m'as toujours connue. C'est promis ?

— Oui, fis-je en pensant que je venais de refaire une promesse à la con.

Et c'est là que sa carapace de fausse forte a craqué. Elle m'a regardé avec une tristesse infinie :

— J'ai peur, Mike... j'ai vraiment peur. Prends-moi dans tes bras... serre-moi fort.

Je me suis allongé à côté d'elle, j'ai mis délicatement mes bras autour de son corps et nous sommes restés là sans bouger.

Quand je suis sorti de la chambre, j'ai doucement fermé la porte. Darren a levé la tête, il avait l'air très fatigué.

— Alors ? a-t-il murmuré.

— Elle dort... tu aurais pu rester, tu sais.

— Mais je suis là...

William est arrivé à ce moment-là. Il était accompagné du Dr Greer et d'une infirmière. Il a salué Darren et m'a jeté un regard froid. Puis il est passé devant nous et a pénétré dans la chambre. Darren a mis la main sur mon épaule :

— Allez, viens, allons prendre un café.

— Non, je préfère rester là... si jamais elle avait besoin de quelque chose.

— Je t'en ramène un alors.

William sortit assez rapidement de la chambre. Le docteur et l'infirmière le saluèrent. Il avait l'air détruit. Il m'a regardé, je n'avais jamais vu autant de détresse dans le regard d'un être humain. Il s'est approché et s'est assis à côté de moi :

— Pourquoi ne m'a-t-elle rien dit… Pourquoi ?

— À moi non plus, elle n'a rien dit.

Je me devais de mentir un peu, et puis une partie de ce que je disais était vraie, mais je voulais atténuer au maximum les souffrances de cet homme.

— Je pense surtout qu'elle cherchait à nous épargner une souffrance prématurée.

— Ça n'est pas dans la logique de la vie, un parent n'est pas là pour survivre à son enfant… ça va contre la logique… mon bébé… comment est-ce possible… mais pourquoi, bon Dieu… pourquoi ?

Je n'avais aucune réponse. Je me suis contenté de poser une main sur son genou. Il s'est tourné vers moi, étonné, il ne savait pas quoi faire, mais il n'a pas bougé. Il m'a simplement tapoté la main :

— Je veux comprendre, je veux savoir pourquoi. Elle est si jeune. Elle a toute la vie devant elle. Vous comprenez, vous ?

— Non, fis-je simplement, et je ne comprendrai jamais.

Il a regardé devant lui et a baissé la tête. Nous sommes restés là, sans rien dire, car il n'y avait rien à dire.

Un peu plus tard, j'ai appelé Jamie pour le prévenir que je ne pourrais pas venir pendant deux, trois jours. Lucy était très fatiguée. Je ne voulais pas lui dire qu'elle était à l'hôpital, pour éviter de voir débarquer des gens dont la compassion n'aurait fait qu'alourdir ce moment déjà très pesant. En plus, je ne me sentais pas le courage de les affronter. Jamie me répondit qu'il comprenait, que nous avions le temps et que World Music était rassurée depuis que le contrat était signé et que j'étais rentré en studio.

J'ai profité d'un moment où Lucy dormait paisiblement pour passer à notre appartement. Depuis deux jours, Prince ne me voyait qu'en coup de vent. Je l'avais presque oublié, ce pauvre chien, il me fit une fête en accord avec mes sentiments, c'est-à-dire une triste fête. Je lui ai donné à manger. Il m'a regardé, je savais qu'il comprenait, je lui ai caressé la tête, il s'est frotté contre moi délicatement et a posé sa patte sur mon genou.

— Je ne peux pas rester, mon vieil ami, il faut que je retourne voir Lucy... tu comprends.

Il gémit doucement et s'allongea par terre. Bien sûr qu'il comprenait. Je me suis levé. J'allais sortir de la cuisine puis je me suis ravisé. Une des armoires au-dessus de l'évier était remplie de boîtes de bouffe pour chien. Je les ai enlevées une à une, au fond, j'ai retrouvé une vieille bouteille de whisky que j'avais cachée là et oubliée depuis longtemps déjà. J'ai commencé à l'ouvrir... et je l'ai refermée pour la ranger au fond de l'armoire, là où je l'avais trouvée.

Je suis reparti pour l'hôpital. Je m'étais changé et j'étais assis sur une chaise en face de Lucy. Elle avait l'air de plus en plus fatiguée, le moindre petit mouvement demandait un effort presque insurmontable. Lucy faisait de son mieux pour le cacher. Elle ne voulait pas qu'on l'aide ou qu'on la plaigne, elle voulait garder sa dignité jusqu'au bout. Je ne crois pas que j'aurais eu cette force. Elle m'a regardé longuement.

— Tu m'aurais épousée ?

— Absolument.

— T'es sûr... toi, le célibataire endurci. Tu sais qu'il y a un âge où on ne peut plus changer les gens et leurs habitudes et je crois que cet âge tu l'as largement dépassé.

— Mais je t'aurais quand même épousée... et toi ?

— Ouais... moi aussi... mon petit vieux.

— Je t'aime, j'ai dit simplement.

Elle essaya de lever sa main pour caresser mon visage et tout à coup son corps se mit à trembler. Ses yeux se révulsèrent. Elle fut bientôt prise de convulsions. J'appuyai sur le bouton d'appel d'urgence et je me précipitai dans le couloir en hurlant :

— Un docteur... une infirmière... quelqu'un, s'il vous plaît... Vite !

Deux infirmières sont arrivées en courant, suivies par le docteur de garde. Ils m'ont laissé dans le couloir et ont fermé la porte. Il fallait tenir le coup, ne pas lâcher, elle avait besoin de force, pas d'une espèce de petit homme qui craque à la moindre alerte. Il lui fallait du soutien, de la joie, du bonheur, de l'espoir. Je pourrais toujours craquer tout seul quand elle ne serait plus là, mais pas maintenant. Y croire, continuer à y croire. Je m'assis sagement, un peu comme font les chiens qui attendent leur maître et qui ne savent pas qu'il ne reviendra peut-être jamais.

Je fus rejoint par Darren et William. William m'interrogea du regard :

— Je ne sais pas, ça fait une heure qu'ils sont là-dedans, elle a eu des convulsions et je n'en sais pas plus.

Ils s'assirent à côté de moi et on a attendu.

Le docteur de garde sortit de la chambre. Nous nous levâmes tous les trois en même temps :

— Elle a eu une attaque cérébrale causée par la tumeur.

— Et... elle est..., demanda William.

— Non... elle est dans le coma... pour l'instant.

Nous sommes entrés tous les trois dans la chambre. William dut s'asseoir, ça commençait à faire beaucoup pour lui. Lucy était inconsciente et reliée à un appareil respiratoire, un appareil qui respire pour vous, c'est terrible. Elle était entourée de fils et de tubes qui sortaient et rentraient de tous les côtés, comme dans un mauvais film de science-fiction. Les fils étaient connectés à plusieurs écrans qui faisaient des bruits bizarres. Je lui ai touché la main, elle n'a pas réagi. J'avais les yeux fixés sur cette main, sur ses doigts dans l'espoir d'en voir peut-être bouger un. Mais rien... rien.

Il était tard, je feuilletais distraitement un magazine. William et Darren étaient rentrés chez eux. Je surveillais Lucy, j'essayais d'anticiper un mouvement, une réaction, un signe indiquant qu'elle sortait du coma.

Je m'inclinai vers elle :

— Je viens de lire que ta star de télévision préférée quittait le petit écran, pour faire du cinéma. Qu'est-ce que tu dis de ça ?

Son silence n'était que le signe que ma nouvelle n'était pas intéressante, et elle avait bien raison. Ce n'était que la Belle au bois dormant, pensai-je, il suffit de lui déposer un délicat baiser sur le front pour la réveiller.

Je me penchai sur elle et l'embrassai délicatement. Mais rien ne se passa, la belle resta endormie. Gladys, l'infirmière de nuit, ouvrit la porte et passa la tête dans l'encadrement. C'était une Noire dans la cinquantaine. Ses bons yeux étaient fixés sur sa montre qu'elle tapota avec son doigt :

— Les heures de visite sont terminées, Mike... Il faut y aller...

— Encore deux minutes..., suppliai-je.

— Ce n'est pas moi qui établis les règles, dit-elle, réellement désolée.

— Deux petites minutes... s'il vous plaît, Gladys... encore deux petites minutes.

Elle me regarda et sourit faiblement. Elle devait me plaindre ou peut-être respectait-elle ma foi dans un impossible miracle. Elle acquiesça d'un signe de tête :

— Deux minutes...

Et elle referma la porte. J'ai à nouveau embrassé le front de ma princesse endormie, elle ne s'est toujours pas réveillée.

Le lendemain matin, j'étais de retour, c'était ma vie. La maison pour une courte nuit, l'hôpital la journée et le soir. L'infirmière de jour, Élisabeth, une femme plus jeune que Gladys, pénétra dans la chambre :

— Hey, Mike !

— Élisabeth, ça va ? Vous savez quoi ? dis-je, surexcité, je crois qu'elle a bougé sa main aujourd'hui... un tout petit peu... mais je crois qu'elle l'a bougée.

Élisabeth a souri. Elle avait sûrement déjà vu ce genre d'espoir désespéré qui peut vous faire accepter les croyances et les hallucinations les plus folles :

— C'est bien, dit-elle, rassurante.

Elle regarda les scanners et les écrans de contrôle pour être sûre que tout était normal.

— Vous croyez ?

— En tout cas, ça peut pas être un mauvais signe.

— Vous avez raison.

Je l'ai fixée avec tristesse :

— Vous croyez qu'elle va se réveiller... un jour ?

— Je ne sais pas, Mike, mais vous devriez vous reposer.

— Ce que je veux dire... c'est... ce n'est pas impossible ?

— Rien n'est impossible, mais si elle se réveille, on peut aussi vous appeler.

— Non... non... je veux être là... en plus, il paraît que les gens dans le coma vous voient, vous entendent. Ça doit la rassurer un peu de savoir que je suis avec elle.

— J'en suis sûre, Mike...

Elle avait l'air inquiète pour moi. Je lui ai simplement souri en haussant les épaules comme un gamin qui n'a plus grand-chose à perdre.

Je revenais de la cafétéria après avoir avalé à la hâte un sandwich et, dans le couloir, je trouvai William en train de discuter avec le Dr Greer et un autre médecin. Je n'entendais pas ce qu'il disait, mais je vis William bouger la tête de haut en bas comme pour donner son accord.

Il me vit. Les médecins le saluèrent et il s'avança vers moi :

— Mike… vous avez une mine horrible.

Je l'ai juste regardé avec des yeux vides.

— Mike, il faut que nous parlions… venez avec moi à l'extérieur… ça va vous faire du bien.

Nous sommes allés nous asseoir sur un banc et William m'a expliqué que, selon les médecins, même si Lucy sortait du coma, son cerveau serait sérieusement endommagé.

— Comment peuvent-ils le savoir, ils ne sont pas dans son cerveau ?

— C'est leur métier, Mike. En plus la tumeur évolue et…

Je le coupai :

— Oui… mais parfois ils se trompent. J'ai lu un article sur un homme qui est resté dans le coma deux ans et qui, un beau jour, s'est réveillé en pleine forme.

— Lucy n'a pas deux ans à vivre… C'est à vous de vous réveiller, Mike.

— J'aimerais que ce soit elle qui se réveille.

William posa une main sur mon épaule :

— Je suis son père, Mike, et ensemble nous devons penser à ce qui va être le mieux pour elle, le plus doux, le plus confortable. Même si elle se réveillait et que son cerveau n'était pas endommagé…, qu'est-ce qu'elle a comme espérance ? quelques jours, quelques semaines à souffrir atrocement. C'est ça que vous voulez pour elle ?

Je baissai la tête, je commençais à comprendre où William voulait en venir :

— Non, dis-je doucement.

— Moi non plus. C'est pour ça que j'ai demandé au médecin de couper le respirateur artificiel.

Il m'annonçait ça comme s'il avait dit : « Allons déjeuner ensemble. » Sans vouloir le juger, je trouvais qu'il était un peu abrupt, mais peut-être avait-il raison. Sa manière franche et directe de dire les choses évitait probablement de s'enfoncer dans les « Je ne sais pas comment te l'annoncer », « Ne le prends pas mal », « Il faut que tu comprennes », toutes ces phrases qui ne signifient rien et prouvent simplement que la personne qui veut vous dire quelque chose a encore plus peur que vous.

— Quand ? fis-je, soudain paniqué à l'idée qu'il m'avait entraîné dehors pour m'éloigner de Lucy et laisser les médecins exécuter ses ordres.

— Ce soir. Je voulais vous en parler avant.

— Ce soir ? Mais... on peut peut-être attendre encore un peu.

Il me tapota l'épaule :

— Je me suis sûrement trompé sur vous, Mike. Vous avez l'air d'un mec bien, alors pensez à elle. Vous savez que c'est la seule chose à faire. C'est la décision la plus difficile que j'aie eu à prendre dans ma vie, ajouta-t-il d'une voix sourde.

Je comprenais pourquoi Lucy était une femme aussi digne et courageuse en découvrant le véritable visage de son père. C'était un homme bouleversé mais qui gardait son sang-froid et cachait ses émotions avec la pudeur et la résignation qu'on devrait tous avoir dans ces moments-là. Il avait cette forme d'humilité devant l'adversité que même un surhomme ne pouvait combattre. Un vrai héros, c'est quelqu'un qui, quand il gagne, s'évapore dans la foule pour éviter la gloire. Et quand il perd, il l'accepte tout simplement. William acceptait ce que la vie lui offrait ou lui prenait. Une attitude que je refusais et qui faisait toute la différence entre nous. Je n'avais pas le même courage.

Je ne sais pas si vous avez déjà vécu des moments difficiles ou douloureux, bien que j'en sois à peu près sûr, mais lorsque le docteur vint dans le couloir pour nous prévenir que tout était prêt, je n'ai jamais ressenti une telle émotion, une telle injustice, une telle colère, face à la vie. Tout mon corps me faisait mal, comme si quelque chose à l'intérieur de moi essayait de fuir cet instant et de sortir de son enveloppe. Le médecin m'a arrêté devant la porte :

— Je suis désolé, Mike, seule la famille est autorisée.

— Il fait partie de la famille, dit fermement William.

Et nous sommes entrés dans la chambre. Seul le bip du rythme cardiaque troublait le silence pesant. Le docteur a regardé William qui a simplement donné son accord d'un petit signe de tête et ils ont débranché Lucy. J'ai tendrement embrassé ses lèvres. Le rythme cardiaque diminuait, les bips se faisaient de moins en moins fréquents.

— Je t'aime, petite femme, et je t'aimerai toujours.

William posa sa main sur la sienne, une larme roula sur sa joue et un sifflement continu envahit la pièce indiquant que le cœur de Lucy s'était arrêté. Puis ce fut le silence total. J'ai fermé les yeux et, comme pour tenir la promesse que je lui avais faite, je suis sorti de la chambre sans la regarder, n'emportant avec moi que le souvenir de son visage paisible.

*

La cérémonie au cimetière fut brève. Pourquoi s'étendre sur des faits qui n'ont plus d'importance ? On dit que c'est une manière de faire son deuil, moi je dis que c'est encore une fausse raison pour donner un sens à notre existence. La naissance et la mort sont les seuls points de départ et d'arrivée. Les mariages et les enterrements ne sont que des accessoires pour se donner l'impression que notre vie a été un peu plus remplie, intéressante et excitante. Personnellement, je trouve qu'il y a beaucoup plus excitant que les mariages ou les enterrements.

Jamie vint vers moi et me serra dans ses bras :

— Prends ton temps, et si tu as besoin, appelle… je suis là.

Je n'ai rien répondu. Darren m'a embrassé, William m'a salué. Il y avait beaucoup de gens que je ne connaissais pas et je me sentais seul, si seul.

Je me suis éloigné, j'ai pensé à ma mère et à cette soirée où tout avait basculé. Je suis parti sans me retourner.

*

Je me suis barricadé chez moi. J'en sortais deux fois par jour pour la promenade de Prince. Je m'étais remis à boire... Eh oui, c'était mon pied de nez à la vie, à cette vie qui n'avait plus de direction. Je dis ça sans amertume, j'avais fait des erreurs, mais pourquoi un tel acharnement ? J'avais rencontré la femme de ma vie et maintenant elle s'était envolée, envolée avec ma vie. Alors boire ne changeait plus rien, il me restait au moins ce plaisir.

J'arpentais notre petit appartement, j'ouvrais l'armoire, je touchais, je sentais ses vêtements. Je m'asseyais par terre et je regardais les quelques photos de nous deux ensemble. Nous deux c'était joli, mais aujourd'hui j'étais seul, comme j'avais toujours vécu. Ou plutôt ma bouteille et moi, avec un chien en plus. Ce pauvre Prince, mon compagnon qui me regardait avec le calme de celui qui se sait impuissant devant une destruction dont il est le témoin muet.

Je suis sûr que, s'il avait pu parler, il m'aurait secoué, engueulé, réveillé, mais c'était trop tard maintenant. La vie cherchait encore à me mettre à l'épreuve mais je ne voulais plus rien lui prouver, lassé de tant d'efforts pour rien, de souffrances inutiles, de toutes ces joies inabouties. J'en avais assez.

Je m'assis au piano et je jouai quelques notes. Je m'arrêtai et levai la main vers la bouteille de whisky posée sur le piano. Je rigolai car cette image me rappelait des souvenirs... Il y avait un enregistreur posé sur l'instrument, j'ai appuyé sur la touche lecture et je me suis écouté jouer en buvant au goulot. Je suis allé dans la chambre et me suis allongé sur le lit. Je faillis m'étouffer lorsque j'ai entendu la voix de Lucy prononcer mon nom :

— Lucy, fis-je, rempli d'espoir.

Ce n'était que ce foutu enregistreur avec lequel j'avais l'habitude de travailler pour ensuite me réécouter afin d'éliminer mes défauts :

— Qui aurait pu un jour penser que je boirais de l'eau, m'entendis-je dire.

— C'est bon pour toi.

Il y eut l'épisode où elle m'avait craché l'eau à la figure et puis il n'y eut plus rien, que le vacarme de l'appareil s'écrasant contre le mur où je venais de le balancer.

— Ça, c'est encore meilleur pour moi, dis-je en m'envoyant un quart de la bouteille cul sec.

Je suis monté sur ma petite terrasse et je me suis affalé dans mon transat, j'ai regardé le ciel. Il y avait plein d'étoiles, mais j'aurais préféré qu'il fasse gris. Ça ne changeait rien de toute façon. Il n'y a plus de désir dans une situation comme celle-ci. Le passé est dépassé et le futur n'existera jamais plus, en tout cas pas comme je l'avais désiré. On n'a plus de rêves, on n'a plus d'envies. Ce qui est beau dans la vie, c'est la perspective d'un avenir, même s'il est inconnu. Le problème, c'est que je connaissais le mien. J'étais seul et je ne voulais pas continuer seul. Ça peut paraître lâche, égoïste pour ceux qui m'avaient porté, fait confiance, qui m'avaient redonné une chance, cette fameuse seconde chance que parfois la vie vous offre, cette dernière chance car il n'y en a jamais trois. Je le savais, mais pour moi cette seconde chance, c'était Lucy, pas autre chose, et la vie me l'avait enlevée. Sans prévenir, ma vie avait été balayée d'une main malsaine, comme dans un jeu de quilles que j'aurais dû accepter sans rien dire, sans hurler contre ce ciel que je maudissais, que je détestais pour m'avoir laissé goûter à un bonheur sans limites, alors qu'il savait qu'il allait me l'enlever, puisque tout est écrit. Alors pourquoi ne pas m'avoir laissé tranquille dans ma petite vie paisible où j'avais difficilement survécu une première fois, grâce à un optimisme démesuré. Je n'avais même plus ça, la vie vous prend tout et ne vous rend pas grand-chose.

On dit que les grandes douleurs sont muettes, alors j'allais fermer ma gueule à tout jamais.

*

Je ne sais quelle heure il était lorsque je fus réveillé par des coups répétés à la porte. Je m'enfilai une bonne rasade de scotch.

— Mike, c'est Jamie. Ouvre, bon Dieu...

Je me levai avec difficulté et lui ouvris. L'expression de son visage m'arracha un sourire :

— Hé, patron... ça va ?

Jamie entra dans l'appartement et referma la porte derrière lui :

— Pas trop mal. C'est plutôt à toi qu'il faut demander ça.

— Super, ça se voit pas ?

— Si, justement... je commençais à m'inquiéter...

— J'étais très occupé...

— À travailler, j'imagine.

Je levai ma bouteille et en pris une bonne gorgée :

— Si on veut... chacun son boulot... moi le mien, c'est ça.

Il m'arracha la bouteille des mains :

— Je vais te remettre les idées en place, me dit-il très calmement.

— En me frappant... ?

— Non... même si bonne correction ne te ferait pas de mal !

— Tu me rassures... je peux avoir ma... bouteille... Monsieur Jamie... s'il vous plaît ?

— Il y a des gens qui comptent sur toi, Mike.

— Eh bien, ils devraient pas. On ne devrait compter sur personne. Au moins comme ça, on n'est jamais déçu.

— Ça n'est pas une réponse, ça.

— T'en veux une autre ? Alors demande à quelqu'un d'autre.

— Il n'y a que toi et moi ici.

— Alors t'as la réponse.

Il m'a regardé tristement et m'a rendu ma bouteille :

— Comment peux-tu être aussi égoïste et irresponsable ?

— C'est pas difficile… pas difficile du tout, répondis-je en souriant.

— Je ne pensais pas que je pouvais me tromper à ce point-là sur quelqu'un.

Il se retourna pour partir puis me regarda à nouveau :

— C'est pas ça, dit-il en pointant son doigt vers la bouteille, qui la fera revenir…

— Ah bon ? fis-je, faussement étonné… J'y avais pas pensé.

Et je repris une gorgée de whisky.

— En tout cas si ça ne la fait pas revenir, moi ça me permet d'oublier… Alors, bon vent… et bonne chance avec ta foutue musique.

— Écoute, Mike… on se connaît maintenant depuis un bon moment…

— Dégage ! hurlai-je.

Nous nous sommes dévisagés en silence et il est sorti. Je me suis doucement assis sur le sol et j'ai pleuré. Pleurer, ça soulage, pleurer, ça éteint les souffrances mais ça ne les atténue pas. Pleurer, c'est sortir le surplus d'eau ou de whisky qu'on a dans le corps. En tout cas, pleurer ça fait du bien. La vraie souffrance, elle ne vient pas avec les larmes, la vraie souffrance, c'est celle qu'on garde en soi, celle qui reste bien après les larmes, celle qu'il faut porter jusqu'à la fin, qu'on le veuille ou non.

C'est la souffrance du réveil à la vie, quand on a conscience que rien n'est jamais parfait, et c'est là que se révèle la force de l'être humain, savoir s'il accepte cette souffrance et continue d'avancer la tête haute sans jamais mettre un genou à terre et avec le sourire, en plus.

Je savais que je n'en étais plus capable, j'étais même sûr que c'était une tâche impossible tant j'étais détruit et déçu par la vie.

La nuit tombait et je m'étais enfermé dans la salle de bains. Prince gémissait de l'autre côté de la porte. Je me suis regardé dans la glace. Je n'étais pas joli à voir, avec mes yeux bouffis et ma barbe de plusieurs jours. J'ai ouvert le robinet d'eau chaude et j'ai attrapé le rasoir avec lequel Lucy m'avait si délicatement défiguré. J'avais l'impression de devenir fou, je relevai mes manches et mis mes poignets sous l'eau brûlante. Mon regard passait très vite du rasoir à mes poignets, pour revenir au miroir, du miroir à mes poignets, au rasoir, du miroir, au rasoir, à mes poignets.

Prince se mit à aboyer très fort, comme s'il sentait que quelque chose de terrible allait se passer. Je suis sorti de mon espèce de transe et, en découvrant ce que j'allais faire, j'ai lâché le rasoir dans le lavabo comme s'il m'avait brûlé la main et je suis sorti en courant de l'appartement.

*

Je pédalais comme un fou à travers les rues de Los Angeles, je zigzaguais entre les voitures, au risque de me faire écraser à n'importe quel instant. Je ne respectais pas les feux rouges ou les stops, j'étais dans un état second mais bien déterminé à atteindre mon but.

Je laissai tomber mon vélo devant la maison de Darren et j'appuyai sur la sonnette. Darren prit quelques minutes à m'ouvrir. Il avait une robe de chambre bleu marine qui recouvrait un pyjama en soie. Même pour dormir, il restait élégant.

J'étais à bout de souffle, les yeux exorbités, couvert de sueur et de larmes, je haletai :

— Excuse-moi... j'avais... besoin de parler.

Darren a vite compris que j'étais au bord du gouffre :

— Eh bien, entre, dit-il, très calme.

— J'ai juste besoin... j'ai besoin... juste de parler... à quelqu'un...

Nous sommes entrés dans son salon.

— Assieds-toi, m'intima-t-il avec douceur.

J'ai levé les yeux sur lui, complètement absent.

— Assieds-toi.

Je me suis assis et j'ai sorti ma flasque pour boire un coup.

— Les vieux démons sont de retour... c'est pas là-dedans que tu vas trouver la solution.

— Je ne suis pas venu pour entendre un sermon, Darren...

— Alors tu es venu pourquoi ? rétorqua-t-il sèchement.

— Je me sens... je ne sais pas... je ne sais plus...

Je repris une gorgée de whisky.

— Foutre ta vie en l'air ne va rien changer. Lucy est morte et, quoi que tu fasses, elle ne reviendra plus...

Je l'ai regardé et me suis levé.

— Écoute-moi..., avança-t-il.

— Non, c'est toi qui vas m'écouter. Ça, fis-je en lui montrant ma flasque, c'est ce que je suis.

— Non, hurla-t-il, c'est ce que tu ÉTAIS !

— J'ai pas besoin de ça, dis-je en me dirigeant vers la porte.

Darren me barra le passage :

— En tout cas, t'as besoin de quelqu'un pour te remettre les idées en place et comme tu n'as jamais eu que Lucy ou moi, tu n'as plus vraiment le choix aujourd'hui.

Je me suis rassis. Je me sentais minable. Comment pouvais-je être aussi fragile et vulnérable, aussi égoïste et stupide. Il avait raison, je n'avais plus grand monde autour de moi mais je devenais fou comme un animal en cage.

— Tu peux pas tout garder à l'intérieur, Mike... ça va te bouffer...

J'ai commencé à m'épancher :

— Elle est toujours là... elle est avec moi tout le temps. Je la vois partout et dans tout.

— Tu dois apprendre à vivre avec ça, Mike. Moi aussi, je suis malheureux, mais elle est morte et abandonner ta vie, ta carrière ne la fera pas revenir.

— J'crois pas que tu puisses comprendre.

Ma phrase le mit hors de lui :

— Je ne peux pas comprendre ? Tu crois que tu es le seul qui souffre, tu crois que tu es le seul à qui elle manque, qui pleure la nuit et qui se demande pourquoi elle n'est plus là ?

— C'est moi qui aurais dû mourir ! hurlai-je, c'est moi qui aurais dû payer... pour tout ce que je n'ai pas fait... pour tout ce que j'ai abandonné... pour le mal que j'ai pu causer.

— C'est jamais facile de faire partie de ceux qui restent. Si tu as tenu le coup jusqu'ici, alors tu peux aller plus loin encore. Dis-toi aussi que tu as plus de chance que certains. Tu sais combien de gens cherchent toute leur vie ce que tu as vécu, aussi bref que cela ait été ? Combien de gens qui ne sauront jamais ce que c'est d'aimer vraiment quelqu'un ?

Sa dernière phrase m'assomma complètement. J'avais réellement vécu quelque chose de rare, et j'en avais reçu le meilleur, jusqu'au bout. Je n'avais que des souvenirs merveilleux de ces moments si exaltants.

— Elle t'aimait tellement, Mike. Plus qu'elle n'a jamais aimé n'importe qui... Elle croyait en toi... Elle a passé les derniers instants de sa vie à te transmettre l'énergie pour continuer, pour que tu réussisses cette putain de vie. Si tu tournes le dos à ça, alors elle a perdu le peu de temps qu'il lui restait. Tout ce qu'elle voulait, c'est que tu sois au maximum de tes possibilités.

— Mais tout aurait dû être si parfait.

— Ce n'est jamais le cas... jamais. Je pense qu'on a deux choix dans la vie, Mike, celui qu'on décide de faire et celui avec lequel on vit après ça. Tu as une vie après elle, elle peut être lumineuse ou sombre. Qu'est-ce que tu vas choisir, Mike ?

— Pourquoi ça t'intéresse tant que ça... ?

Darren me regarda fixement :

— Parce que je suis ton ami.

Ces mots me touchèrent profondément.

— Tu es vraiment mon ami ?

— Oui, dit-il simplement.

Je me suis jeté dans ses bras et je me suis vraiment mis à pleurer pour la première fois. Ce n'étaient pas des larmes d'alcoolique ou des larmes de colère, mais des larmes de délivrance, qui laissaient s'échapper les fantômes, les démons qui me torturaient depuis toujours. J'ai compris que pleurer sans retenue ça sauve, alors je me suis laissé aller.

*

Je me suis rendu au cimetière ce matin-là. J'étais fraîchement rasé, je portais un blouson sur une chemise et un pantalon bien repassé. William avait demandé que la tombe de Lucy se trouve à côté de celle de sa femme, à l'ombre d'un grand arbre. Je regardai l'inscription en silence et déposai un petit bouquet de violettes sur la pierre tombale :

— Ça va, ma Lucy… ? Tu sais, Prince voulait venir mais le gardien du cimetière ne veut plus entendre parler de lui, depuis qu'il a fait ses besoins sur la tombe de M. Dooley.

Je l'imaginai en train d'éclater de rire là où elle était.

— Je voulais aussi te dire que je vais bien... Mieux en tout cas... juste au cas où tu me surveillerais. Je suis retourné au studio. J'ai fini l'enregistrement. Je pense que ça te plairait.

La boule remontait dans ma gorge.

— Tu me manques, Lucy... mais... je sais que tu es là... avec moi... je t'aime.

*

J'étais assis face à un miroir un peu comme au début de cette histoire, mais celui-là n'était pas fissuré. La loge où je me trouvais n'avait rien à voir avec celle du Drake Hotel. Claire, spacieuse, elle était très confortablement meublée. Je regardai mon reflet, j'étais très élégant dans mon smoking et je ne pus m'empêcher d'avoir une pensée pour ma mère. Combien elle aurait été fière et heureuse de me voir ici. Mais peut-être me voyait-elle, tout comme ma tendre Lucy. On ne sait pas ce qui se passe là-haut. Ça me rassure de penser que les gens disparus, envolés, regardent ceux qu'ils aiment d'un œil bienveillant et protecteur.

En parlant d'œil bienveillant et protecteur, mon bon Prince était affalé sur le canapé et me reluquait par en dessous. Quelle chance d'avoir ce compagnon de tous les instants !

On frappa à la porte et Jamie entra :

— Comment tu te sens ?

— Bien... je me sens bien.

— Pas trop nerveux ?

— Moins que toi en tout cas... mais... bon Dieu... oui, je suis nerveux.

— Essaie de te détendre. Ça va très bien se passer.

J'ai simplement acquiescé. Jamie m'a tapoté l'épaule. Il s'apprêtait à sortir.

— Jamie... ?

Il s'est retourné.

— Merci... merci d'avoir été là... de ne pas m'avoir laissé... sombrer.

Jamie sourit et hocha la tête avant de refermer la porte.

J'ai regardé la photo de Lucy et moi que j'avais accrochée au miroir. Un mec des coulisses a frappé et a passé sa tête dans l'embrasure de la porte :

— On peut y aller, monsieur Wilson.

— Mike !

— On m'a dit de vous appeler « monsieur Wilson ».

— M. Wilson, c'est le ballon dans *Seul au monde*. Je l'aime bien, ce ballon, mais je préfère Mike.

Je me suis avancé vers la scène. Des coulisses, j'ai jeté un coup d'œil sur la salle. Elle était pleine à craquer. J'ai pris une longue inspiration et je suis entré sous un tonnerre d'applaudissements. C'était impressionnant.

J'ai salué le public et j'ai vu Jamie et Darren au premier rang. Je suis allé m'asseoir au piano. Il y a eu un long silence. J'ai levé mes mains au-dessus du clavier, mais je n'ai pas pu commencer à jouer, comme si une force invisible m'en empêchait. Tout se bousculait dans ma tête, les images de ma vie sont revenues d'un coup, la chute mortelle de ma mère, ma descente dans les abîmes d'une triste déchéance, la mort de Lucy, tout arrivait par flashes qui m'empêchaient de poser mes putains de mains sur ce clavier. Le public a commencé à murmurer, sans comprendre ce qui se passait.

Mon émotion montait, de plus en plus violente. J'étais tétanisé, incapable de bouger. Darren fixait Jamie, très inquiet. Je me suis repris et j'ai posé les mains sur mes genoux, puis j'ai regardé les cinq cents personnes qui étaient venues pour m'écouter jouer et non pour s'entendre dire : « Je suis désolé, je ne peux pas… je n'y arrive pas. »

La salle observa un silence absolu, presque respectueuse. Je me suis levé et me suis lentement dirigé vers les coulisses.

Une voix m'a arrêté :

— Bien sûr que tu peux…

Je connaissais cette voix. Toute la salle se retourna en même temps et, près de la porte d'entrée, je vis William descendre lentement l'allée, les yeux rivés sur moi. Il vint s'asseoir au premier rang à côté de Jamie. Nous nous sommes regardés pendant un bon moment et je suis lentement allé me rasseoir au piano. La salle était plongée dans un silence total. J'ai pris mon habituelle inspiration et, pour la première fois depuis vingt-cinq ans, j'ai recommencé à jouer devant un public.

Composition et mise en page

NORD COMPO
multimédia

Cet ouvrage a été imprimé en France par

CPI
BUSSIÈRE

à Saint-Amand-Montrond (Cher)
en janvier 2011

N° d'édition : 14661 – N° d'impression : 103804/1
Dépôt légal : février 2011